山裡女人的夢想

農民作家周汝國中篇小說集

周汝國 / 著

崧燁文化

山裡女人的夢想：農民作家周汝國中篇小說集

目錄

山裡女人的夢想 5

流動的棟木椅 23

跑進野雞嶺的女人 39

天堡寨的媳婦 57

陳二嫂進城 73

何二嫂 81

新來的組織部長 89

水花路 97

紅手絹 109

二叔的命運 117

孤兒奶 125

山裡女人的夢想：農民作家周汝國中篇小說集

山裡女人的夢想

一

　　白金玉聽說表姐在城裡買了房子，她真不敢相信，因為她對表姐太熟悉了，曾經和她是一個村子裡的人。幾年不見就令人刮目相看，誰料到表姐現在是城裡人，買了房子結了婚安了家，把她媽媽也接到城裡去了。「憑條件我哪裡趕不上她？」她羨慕她，嫉妒她，她也要去城裡打工，等買了房子把媽媽接到城裡去。

　　聽說搞建築薪水高，但是工地上一般不招女工，老闆問她願不願意當廚工，白金玉說：「做飯的事我輕車熟路，從小到大跟媽媽學做飯。」老闆說：「你可要想好喲，別看做飯很簡單，可是活兒並不輕鬆，除了做飯，每天還要買菜守工地，很難做到人人滿意，稍有不到之處還要受氣，你能行嗎？」白金玉說：「只要有薪水，我怕啥？總比在農村擔糞上山、下地幹活好吧。」

　　老闆就喜歡吃得苦的人。

　　轉眼，「五一」節到了，工地上的民工大多數都走了，白金玉沒有走，她是留下來守工地的。

　　吃了早飯沒有事，她想好好睡一會兒，一個人蜷在被窩裡很快就睡著了。突然她感覺到身上像被一塊石頭沉沉地壓著。原來是讓人討厭的民工牛娃子。白金玉翻身起來給他狠狠一巴掌：「牛娃子，你癩蛤蟆想吃天鵝肉嗎？」不知她哪來那麼大的力氣，正中牛娃子的鼻子，打得他鮮血直流，雙手捧著臉。

　　「你想想我是那樣的人嗎？你是不尊重我。」

　　牛娃子沒有開腔。

　　工地上靜悄悄的，誰也沒說話，過了好幾分鐘，白金玉突然把臉側過去。

　　「來，我看看……」白金玉急忙把手巾打濕去給他擦後頸窩，據說這樣會止血。

　　「還痛不？」

牛娃子說：「不痛，不痛。」

這時白金玉有些心酸，眼淚在眼眶裡打轉。

因為牛娃子和她是老鄉，爹死得早，母親再嫁後他就跟著叔叔做泥水工，走南闖北，三十歲了還是廟前的旗桿——光棍一條。每次見了白金玉他都要嬉皮笑臉地開開玩笑，吃飯的時候故意捏捏她的手。白金玉說：「牛娃子，老實點，把我惹火了，給你菜裡加把鹽！」牛娃子嘻嘻笑。

白金玉站起來比牛娃子高一頭，身高力大，她能用雙手提兩桶水。牛娃子也真是膽大，不問一問白金玉有男朋友沒有，人家願不願意，趁放假的時候，工地上沒有人，發現白金玉一個睡得正香，腦子發熱一股勁兒撲了上去。

白金玉是個很警醒的人，要不然老闆咋會讓她守工地？開始她很生氣，後來心又軟下來，後悔自己手重了點，反而又關心起牛娃子來，覺得牛娃子怪可憐的，在用手巾擦後頸窩的時候，牛娃子趁機又把白金玉按在地上，她再也沒反抗，只是閉著眼睛懶懶地問：「牛娃子，你真的愛我嗎？」

「嗯，我一直想了很久了。」

「你可要想好哈，我不是隨便可以欺負的女人。」

這時牛娃子沒有及時回答白金玉的話。

「你不願意了？」

「不是，等我們什麼時候有了房子再結婚。」

「真的嗎？」白金玉把牛娃子緊緊地摟在懷裡。

從那以後，她和他無話不說，牛娃子講自己的經歷。父親死得早，媽媽改嫁後爺爺不准把我帶走，跟著爺爺奶奶長大，初中畢業後跟著叔叔闖天下。叔叔是搞建築的，自己有個小公司。叔叔要求很嚴，我幹活的錢沒有直接給我。他說，要成家娶媳婦得先買房子，薪水不能亂花，每月只給兩百元零花錢，其餘的錢他給我存著，將來買房子娶媳婦用。牛娃子幹了幾年覺得不自由，就到白金玉老闆這工地上來幹活。

記得有一天晚上大家都休息了，牛娃子才回來找飯吃，白金玉很不高興：「晚飯開過了，飯自己想辦法。」「想辦法，只有進飯館，幾個薪水早就花光了。」牛娃子說得可憐兮兮的，白金玉急忙給牛娃子下了一碗雞蛋麵，牛娃子很感動，從那以後牛娃子就對白金玉有了好感，總是圍著白金玉身邊轉，有事沒事找話說。每次到食堂打飯，他都要開開玩笑，說幾句不該說的話。不管活兒有多累，他只要一見到白金玉就高興，可白金玉未必就看得上他，每次打飯時開玩笑，都遭到拒絕，但牛娃子不死心，所以後來才採取這種不道德的手段。

開始白金玉只是認識他，只是同情他，真沒想到現在她已經愛上了他。每天下了班不是白金玉給牛娃子發訊息，就是牛娃子給白金玉打電話，他們偷偷在工棚裡調情，在樹蔭下擁抱，每個節假日都成了他們幽會的日子。

二

有一天白金玉突然覺得心裡很煩躁，老是想嘔吐，她立即到醫院去看病。醫生笑笑說：「你有喜了，回去好好休息吧！」

「我該怎麼辦？我什麼都沒準備，現在我們還沒有房子，牛娃子你在哪裡？」牛娃子的手機打不通，語音提示對方不在服務區。這時白金玉很著急，因為她曾經聽說現在有的男人不負責任，女人生了孩子找不到父親，有的把嬰兒丟在橋下或路邊，牛娃子你是那樣的人嗎？要是讓媽媽知道了會有多傷心，表姐會說自己笨，自己憑什麼去相信牛娃子。她腦子裡一片空白，不知究竟該怎麼辦。這類不光彩的事說出去不一定有好處，說不定會遭別人笑話，自己是在犯賤。現在她確實有些後悔，可是這世界上從沒聽說有後悔藥賣，唯一的辦法是去找牛娃子。

買了房子的人盼交房裝修，承建方壓力很大，近段時間工人一直在加班。白金玉來到工地上時，牛娃子正在加班打混凝土，說話也聽不清楚，只是聽到轟鳴的機器聲，凡是倒混凝土的晚上誰也不能離開現場，牛娃子手裡掌握著振動機，還有幾個人在不停地翻動水泥、河沙、石子。牛娃子說的什麼她也沒聽明白。這時候她看到牛娃子氣也消了，反而覺得他很辛苦，要不是自

己有孩子真想上去換一換，讓牛娃子休息一下，要麼給牛娃子端杯水去，不知道牛娃子吃飯沒有。白金玉想了想，自己站在這兒不合適，還是先回到自己的工棚等下班再說吧。

三

　　卻說牛娃子連續加了幾個夜班，實在太困了，想好好休息一下，太陽快當頂了他還沒起床，最近有好長時間沒去白金玉那兒了，有時手機也懶得開。

　　白金玉要牛娃子表個態，必須有個結果。吃了早飯，她出去買菜，給牛娃子打電話，他的手機還沒開，轉了一個圈子來到牛娃子的工棚，發現他還在睡覺。「快，我告訴你個好消息。」牛娃子翻身起床：「啥好消息？」白金玉向牛娃子撲了過去，悄悄說：「咱們有了。」牛娃子還不明白。「有啥了？」「有孩子了。」說到這兒，白金玉有點兒不好意思，牛娃子卻彷彿沒聽見，呆呆地發愣。

　　「你不高興？」白金玉伸手去摸牛娃子的臉。

　　「不是，我真沒想到……」牛娃子說。

　　「咋了？」

　　「不是，現在我們什麼都沒有。」

　　這時整個氣氛就顯得緊張了，一切都很安靜，誰也沒有說話。因為雙方都回到了現實中，如果現在打算要孩子，那就意味著結婚、生孩子……衣食住行，買房子，什麼時候才能趕得上表姐？什麼時候才能把媽媽接到城裡？牛娃子你作為男人就是要有擔當，就是要有責任，說出去的話就是要算數，我們不能讓別人瞧不起，可是現在……

　　「讓我想一想行不行？」牛娃子說。

　　「不行，不行，就是不行！」白金玉緊緊地拉著牛娃子的衣領。

　　正在這時，工人們下班回來了，白金玉才想起買菜做飯的事。

四

　　在剛認識白金玉時，牛娃子幾乎是每週回來一次，有時候工地上不忙，天天下班就回來。從那以後，牛娃子很少回到白金玉身邊，經常說工地上加班。越是這樣，越是讓白金玉著急。她希望牛娃子早點表個態，牛娃子拖得，孩子拖不得，幼小的生命在肚子裡一天天長大，衣服已經遮不住肚子了，腰變粗了，行走也不方便了。表姐請她去吃飯，她都不好意思去，班上搞同學會，她也婉言謝絕了。以前她還敢上街去買菜，現在她上街買菜還戴副墨鏡，見了熟人低著頭走路，儘量迴避。不論咋迴避總是逃不脫現實，也不好正面回答別人的問題。

　　白金玉親自到過牛娃子的工地，牛娃子每次不接電話或者不來看她，也的的確確是在加班。而且她還親自去問過工地上的老師傅，每次到工地上去，老師傅都要把牛娃子誇一番，牛娃子除了正常上班八小時還要加四小時的夜班。累了就睡覺，醒了就上班，人家工作八小時，牛娃子除了吃飯睡覺就是工作，很少看見他閒過，工地上沒有不稱讚他的，但是白金玉是沒見到他賺回的錢。

　　女人就希望找到一個誠實守信的男人，白金玉相信自己沒有錯，她體諒男人忙，沒有時間來陪伴她，自己總是從好的方面去想。眼下最重要的是希望有個結果，早點結婚，房子可以想辦法。

五

　　白金玉和牛娃子說好國慶節回去辦結婚證，順便在城裡轉一轉，去買一套貸款房。可是在國慶節的前一天，牛娃子突然給白金玉打來電話說不回去了，因為老闆房子沒賣出去收不到錢，工人要等到年終結算才發薪水，老闆叫大家想辦法。

　　說好的國慶節回去辦證看房子，可沒想到牛娃子突然變卦了，無論咋解釋，白金玉都不相信牛娃子說的是真話。「牛娃子，你還算不算男人？說話到底算不算數？你一次兩次不接電話，是不是在騙我？錢呢？錢呢？你明明

在撒謊。」白金玉很生氣,要是隔得近,她非打牛娃子不可,她在電話裡吵了一陣子,就收拾收拾急急忙忙往工地上趕。

　　來到工地上,發現只有老師傅一個人在守工地。白金玉問牛娃子哪兒去了,老師傅說牛娃子今天一大早就追帳去了。聽說牛娃子追帳去了,她心裡慢慢平靜下來。為什麼從沒聽說過?他是去幫工地上收欠款還是幫別人追債?白金玉搞不明白。沒有找著牛娃子,白金玉心裡不愉快,心裡在責怪他有什麼事兒不該背著自己去幹,至少應給自己說一聲,讓她知道。可是,如果什麼事都給女人說,那麼男人還能幹什麼?什麼都依了女人,男人還能有什麼事業?不是牛娃子變了,是自己變了,這之前她感到牛娃子可憐,牛娃子單純,牛娃子可愛,因為牛娃子大膽,只要是自己喜歡的女人他就敢冒險去追求,就連她自己也沒想到,當初為什麼不報警,還要屈服他,就是覺得他是個勇敢的男人。可是自從有了孩子,自己突然變了,覺得吃什麼都沒味兒,幹什麼都沒勁兒,發覺牛娃子也變了,好像在躲著她,不理她。彷彿表姐在恥笑她。最近白金玉心情一直不好,昨天她又接到村裡人的電話,說她媽媽病了。她翻來覆去睡不著,打算回老家一趟,一來看看娘,二來給娘商量一下該咋辦。她把早飯做好以後,就去給老闆請假,準備回去看媽媽。

六

　　老闆感到很意外:「你幹得好好的為什麼要請假?你沒看見工地上正忙嗎?第一層樓才剛剛開始蓋,每天幾十號人吃飯,在這節骨眼上你要請假,我又上哪兒去找一個合適的廚工?」

　　工地上的廚工既要做飯又要買菜。職工吃飯不給錢,廚工買了菜後憑發票去出納處報帳,買多買少,花多花少全憑廚工一張嘴。因為到農貿市場買菜誰給你開發票?全憑廚工自己記帳,真實與否誰也沒有時間去考證,老闆管工地都忙不過來,哪有時間管這些小事。白金玉不僅精打細算,勤儉節約,而且做菜拿手,大多數工人都喜歡她做的飯菜。所以老闆真要再找一個好廚工很難。

　　老闆沒有立即同意白金玉的要求,繼續吃他的饅頭。

很多時候老闆到職工食堂來吃飯，工人吃啥他吃啥，有時還和工人開開玩笑，聊幾句天。

突然聽說白金玉要請假，他心裡很不高興：「你說工地上女人不方便，要一間住房，我就叫工人給你建一個獨立的房間；你說薪水低了，我又給你加薪，本來守工地是應盡的責任，可是我想到你晚上加班很辛苦，又另外給補助，你還不滿意？」

白金玉也知道老闆說這些話都是真的，所以自己一句話也沒有答上，低著頭想著自己的心事。孩子真成了自己的禍根和難題，只有母親才能安慰自己，她必須回去看看媽媽。

「老闆，我媽媽病了，想回去看一下。」

「病了？什麼時候病的？」

「昨天晚上才接到電話。」白金玉說。

「那你去吧，回來以後我要找你說個事。」老闆說完就走了。

七

白金玉的家在長江以北一個偏遠的小山村，那裡是她可愛的家鄉，是她難忘的地方。她曾經割過豬草，放過牛，打過谷，栽過秧……她的家和牛娃子的家只隔一座山。家鄉雖然是那麼美麗，但是屋裡空蕩蕩的，媽媽說村裡人到外打工去了，鄰居的張大伯、對門的李二嫂都在城裡買了房子……「媽！你放心吧，等牛娃子回來買了房子接你進城去。」

說起牛娃子，全村的人都知道他家裡窮。

媽媽有些不高興：「你和牛娃子好上了？」

「嗯。」

「那麼多男人不找，你為啥要找牛娃子？」媽媽不高興。

「他愛我。」

「你要好好想想，婚姻是大事。」

「嗯。」

「脾氣好不？」

說到這兒，白金玉哈哈大笑：「我打過他……」接下來她一五一十說給媽媽聽。

「你不要那樣，以後可不行哈，媽給你做好吃的。」

「嗯，等買了房子就搬到城裡去，辦啥事都方便。」

「村裡好，自給自足，豐衣足食，在城裡吃水都要錢。」

媽媽好幾年沒見到女兒像今天這麼高興：「你要多住幾天啊！」

「好，等把你養的雞吃完了才走。」

媽媽在撒料喚雞時，一群鴨子也趕來了。媽媽說：「這些都是老鴨子，燉湯才香呢！」

吃了飯，白金玉要媽媽去看病，媽媽說：「只是風寒感冒，扯把草藥就行了。」

「天像要下雪了，我去割把豬草吧。」

「你不方便，我去吧。」

白金玉望著媽媽遠去的背影，心裡酸酸的，她希望牛娃子從山那邊回來。牛娃子說過的話什麼時候能兌現？錢湊夠了沒有？哪天能去看房子？

一天天過去了，白金玉的舊棉衣已經遮不住肚子了，可是牛娃子還沒回來。她面容憔悴，孩子快出生了自己還沒結婚，如果在從前這叫不守婦道。

窮人命賤，白金玉說生就生，媽媽還沒來得及請醫生，孩子「哇」的一聲就下地了。

「乖！乖！是個兒子！」媽媽喜出望外，腳不停地，一會兒燒水，一會兒煮蛋……

這時，白金玉的眼眶早已濕了。

自從有了孩子，她媽媽像在哪裡撿到了一個寶貝似的，笑得合不攏嘴，白天給他餵奶，晚上和他睡覺，生怕別人抱走了。白金玉小的時候她媽媽也沒這樣疼愛過她。

孩子一天天大了，白金玉的積蓄用得差不多了，如果再不去打工，買奶粉的錢就沒了。

白金玉說：「媽媽，我想出去打工。」

媽說：「牛娃子呢？」

「現在還沒音信。」

「你什麼時候回來？」

「等我們買了房子吧。」

她收起皮箱，又去抱了一下兒子，眼淚滴在兒子的臉上，兒子卻沒有哭，呆呆地望著她。白金玉悄悄用手機給兒子拍了照片。

八

天下著鵝毛大雪，人們都蜷在被窩裡看電視，或圍著爐子打麻將、打撲克牌。白金玉正往城裡趕，她沒來得及打傘，頭上只繫了一條圍巾，像個雪姑娘。只有臉露在外面，臉蛋凍得像紅蘿蔔，兩隻手不停地捧著臉吹熱氣。

來到牛娃子的工地時，大樓已經封頂了，塔吊都撤了，大多數工人都到另一個工地上去了，只留了幾個工人做掃尾工作。白金玉問守工地的老師傅，問知不知道牛娃子在哪兒。老師傅搬了個凳子說：「你坐吧，我告訴你，你可不要告訴別人哈。」

「你說吧，老師傅，我不會告訴別人的，只要我知道就行了。」「牛娃子對我啥都說了，如果沒有說錯的話，你就是他的老婆？」

「不是，我們是朋友，還沒扯證呢。」

「牛娃子已出事了。」

白金玉急了:「老師傅,你快告訴我牛娃子出什麼事了。」

老師傅告訴她:「有一天晚上,牛娃子回來就向我借錢,我問他借錢幹什麼,他說借錢做生意,邊打工邊做生意。」

白金玉問:「他做什麼生意?」

老師傅說:「後來我才曉得是『放水』。」

白金玉不明白:「啥叫『放水』?」

老師傅說:「就是放高利貸,三分利息,把錢借給開發商了,現在房子賣不出去,資金押起了。」

白金玉問:「借錢那個人你認識不?」

老師傅說:「我也不太清楚。」

白金玉說:「咋不給我打電話?賺錢哪有那麼容易,你快說牛娃子在哪兒。」

老師傅說:「他不僅是借了我的錢,而且還借了其他人的錢,大家都等他還錢。」

白金玉說:「你快說,牛娃子在哪兒。天塌下來還有我呢。」老師傅說:「你真是個好姑娘,但是他走了後我們也一直沒通過電話。」白金玉正要出門,老師傅又說:「聽說那個房地產老闆都不見了。」

白金玉說:「老師傅,你放心,現在我們還年輕……」

白金玉走的時候,叮囑老師傅:「如果牛娃子回來了,你給我說一聲,我有重要的事告訴他,電話我已經留給你了,借錢要還錢,做人要堂堂正正的。」

九

　　人總是要生存，白金玉想了想，眼前的事兒是解決媽媽和兒子的吃飯問題，暫時不能把牛娃子的事放在心上，也沒有時間去找他，即使找到他又會怎樣呢？所以她又四處尋找工地老闆。老闆一眼看見她，喜出望外地說：「你終於回來了！」

　　「嗯。」

　　「好，好，你繼續到食堂做飯去。」

　　「謝謝老闆！」

　　她真沒想到老闆還是那麼寬容大度，她決心好好幹，除了食堂的工作以外每天還要到工地上去打雜，老闆看見白金玉回來，心裡很高興：「你回來就好！我給你加薪！」

　　這句話成了老闆的口頭禪，他每次看到白金玉認真幹活心裡都高興，但是每次說了加薪都忘了兌現。但是她也不在意，別的員工問白金玉加了多少錢，她只是笑笑說：「你們在太陽下幹活，整天晒太陽，汗流浹背的，我是在屋裡給你們做飯，比起你們來，已經不錯了。」她越是那樣想，做事越努力，老闆雖然一直說給她加薪，但說了就說了，這也許是老闆的慣用方法之一。但是她也不計較，心裡想：不是老闆說話不算數，也許他事情多，忘記了，當老闆也不容易。

　　她覺得有那份薪水就夠了。

　　凡是知道滿足的人，就會很寬容，她越是諒解老闆的難處，老闆越來越覺得她很可愛。

　　一個星期六的上午，員工大多休息去了，老闆一個人來到工地上。白金玉正在洗頭，沒有吹風機，只是用梳子在陽光下來回地梳，讓太陽晒乾。她頭髮長而直，就像楊柳枝在陽光下輕輕擺動。她的頭髮黑而發亮，從這一點上看，她是一個身體非常健康的女人。

她只顧用毛巾吸水，梳子不斷向下滑，並沒有注意到有人來。不知過了多久，她側過頭來才發現老闆來了：「坐，坐，不好意思……」

　　「沒關係，你忙吧！」老闆說。

　　「在這裡吃飯吧，我去買點菜。」

　　「不用了，有什麼吃什麼吧！」

　　老闆經常和民工一起吃飯，從來不說另外加幾個菜，有啥吃啥。

　　「那咋好呢？」

　　「沒關係，簡單更好。」

　　平時，老闆跟很多工人一起吃飯，有時還問這問那，聊幾句天，很熱鬧。今天只有老闆和白金玉兩個人吃飯，她恭恭敬敬地將飯菜端上桌來請老闆吃飯。老闆說：「坐上來吧，哪來那麼多規矩！」

　　白金玉和老闆面對面而坐。這時誰也沒有說話，白金玉覺得有些拘束，靜靜地坐了一會兒，她又端起碗進廚房去了。

　　「桌上一起吃吧！」老闆說。

　　「一會兒就來。」白金玉又回到她原來的位置。

　　「你家住在哪個村子？」老闆問。

　　「大灣村。」

　　「哦。」

　　「你老公呢？」

　　白金玉彷彿被什麼東西刺了一下，突然想起了往事，心裡有些難過，繼續低頭吃她的飯。

　　正在這時，有幾個工人回來了，老闆才結束對白金玉的問話。

十

　　村子裡突然下了一場暴雨，白金玉家的牆倒了。正要找人修補，恰好牛娃子的叔叔聽說家裡遭了暴雨也回來了，村子裡沒有別的泥水工，她娘就去請牛娃子的叔叔修一修。第二天他叔叔就帶了幾個徒弟來到白金玉的家。進門就看見一個活蹦亂跳的孩子，怪可愛的。「這是誰家的孩子？」牛娃子的叔叔問。

　　白金玉的娘就一五一十對牛娃子的叔叔說了。誰知他叔叔立即撥通牛娃子的手機，在電話裡狠狠罵了一通。然後對她娘說：「你放心吧，牛娃子不敢不認帳，他會回來的，我的大名在這方圓百里無人不知，這孩子就是咱家的親骨肉。這孩子帶得多好，謝謝你們！」

　　她娘給工錢，牛娃子的叔叔一個也不收，走的時候還硬要留下幾百塊錢。

　　牆修好了，她娘非要白金玉回去一趟，說有重要的事兒告訴她。

十一

　　過去牛娃子的叔叔只顧忙自己的事兒，對牛娃子的事沒有放在心上，知道他和白金玉的事兒後才重視起來。他立即找老師傅詳細瞭解情況後才知道牛娃子借錢「放水」的事。雖然牛娃子年輕不懂事，但出發點是好的，目的是想多賺幾個錢買房子娶媳婦。現在開發商走了，借了錢的人找牛娃子要錢，牛娃子不敢露面，白金玉也要找牛娃子算帳。叔叔總不能見死不救，再說牛娃子幹了幾年活兒的薪水還分文未動，原來每月兩百元零花錢是他叔叔自己掏的。

　　第二天他叔叔找人把牛娃子叫到辦公室來，說有事找他談談。

　　如果是過去，他叔叔會毫不客氣地罵他一頓，但自從知道牛娃子跟白金玉的事以後，他卻從內心裡感到高興，他覺得白金玉很不錯，今天見到牛娃子就像見到自己親生的兒子，兒子的事就是自己的事，自己總得想想辦法。

　　牛娃子走進辦公室的時候，他叔叔沒有直接問他把錢借給誰了，只是說為什麼在這之前不和叔叔商量一下，利息越高，風險越大，但也不是說凡借

出去的錢都收不回來，大多數開發商都是講信用的。一個開發商、生意人經常會遇到困難，大多數開發商都要貸款，比如叔叔也向別人借過高利貸，急用時利息高也要貸，只要人活著，企業存在，就有希望收回本錢和利息。他叔問牛娃子：「你到底現在還差別人多少錢？」牛娃子吞吞吐吐回答說：「五十萬。」「到底多少錢？」「五十萬。」「借了哪些人的錢？」牛娃子又一五一十地把名字說了，原來都是他工地上的工人。

叔叔把所有借給牛娃子錢的人通知到辦公室簽字，錢由他叔叔還了。等那些債主走了以後，他叔叔又把牛娃子叫了回來，叫售房部交把鑰匙給他說：「這是三棟6單元2-1的鑰匙。」

牛娃子接過鑰匙跑得飛快，他叔說：「這房子只是讓你暫時住下，一切要你自己去創造。」

十二

白金玉又到辦公室向老闆請假。

「你坐吧！」老闆說。

「嗯。」從上次倆人單獨吃飯以後白金玉見了老闆總是有些拘束。

「你家有什麼事？」

「遭了洪水，大水把牆沖垮了。」

老闆立即從身上掏出一沓鈔票。

「給你！」

「不！不！」白金玉和別的女人不一樣，她沒有接錢，只是連聲說「謝謝了」，越是這樣，老闆越是打心眼裡喜歡。

「我想給你說個事情，你不介意吧？」

「你說吧。」

「我覺得你很適合做我的老婆。」

「不能，不能。」白金玉臉紅了。

「為什麼不能？你說說。」老闆問。

「不能就是不能。」白金玉說。

「你看不起我？」

「不是。」

「那是為什麼？」

「我不能回答你，如果你不同意我請假，那我就辭職。」

「那你回去吧，什麼時候想好了，再回答我吧。」

白金玉心裡有些激動，想著心事，老闆的話一直在耳邊響起。

十三

一場暴雨過後，道路像被刷子刷了一遍似的乾乾淨淨，一點灰塵也沒有，山和樹木顯得更綠了，火辣辣的太陽刺人的眼。村子裡家家戶戶都在田裡收拾自己的莊稼。屋裡靜悄悄的，白金玉的媽媽帶著外孫到菜園去了，只有母雞「咯噠咯噠」在唱歌，見了有人來才撲打著翅膀飛到一邊去。她在雞窩裡順手撿起一個雞蛋，臉上掛滿笑容，城裡難得買到一個土雞蛋，外孫真有福氣。

白金玉回來了，她兒子並沒有像別的孩子那樣見了娘就飛快地跑過來喊媽媽，而是緊緊地拉著外婆的衣服躲在身後。白金玉急忙走過去：「兒子，來，媽媽抱抱！」他不願意，仍躲一邊。

「快去，那是你媽媽！外婆去做飯。」兒子不聽話，拉著外婆的衣服走進廚房。

白金玉心裡酸酸的，差點流了淚，她望了一眼新砌好的牆，問媽媽花了多少錢。她媽媽說：「一分錢也沒花，是牛娃子的叔叔修的。」

「他知道我和牛娃子的事？」

「我告訴他了。」

「唉,你為啥告訴他呢?」

「婚姻是大事,他叔叔應該知道。」

「為啥呢?」

「他說咱們是一家人。」

「誰和他是一家人?現在還說不準!」

「你沒和牛娃子……」

「不管他。」

「他叔叔已罵過他了。」

「罵有啥用。」

她娘還說,他叔叔走的時候說還要牛娃子和你見面的。

走的時候白金玉拿出一千元,說:「下次牛娃子的叔叔回家,你把修牆的工錢給他。」

「嗯。」

「我走了。」

「你過幾天再去吧?」

「不,現在工地上缺人,我得及時趕回去。」她把兒子摟在懷裡,他掙脫開跑了,這時白金玉的眼睛模糊了。

十四

這次白金玉回家心情不好,又走了一段山路,回到工地後有些累了,晚飯沒吃就倒在床上睡著了。正在這時她突然感覺有一雙大手在碰她的胸部,她以為是牛娃子,想起來狠狠打他一巴掌,誰知是老闆。他喘著粗氣說:「別怕……是我。」

白金玉立即推開老闆說：「我不能，我不能答應你。」

老闆還想動手動腳，這時白金玉說：「希望你尊重我，不然我就報警了！」

老闆說：「好吧，我讓你想想。」

早上起來，白金玉準備收拾衣服回鄉下去，老闆死死地拉著她說：「你考慮好了嗎？」

白金玉突然站起來說：「我有丈夫，你不明白嗎？」

「他是誰？」

白金玉沒有開腔，眼淚開始往下流。

「你快說，你丈夫是誰？」

「牛娃子！牛娃子！難道你不知道嗎？」

「牛娃子！一個打工的，他有啥本事！」說著，老闆就走了。

白金玉坐了一陣子，哭了一會兒，又坐了一會兒，她出神地望著窗外，剛下過了一場暴雨，但是現在已經風停雨住了，山清水秀。

開始她想到牛娃子說話不算數，老闆完全不瞭解自己，有錢人又咋樣，乾脆到長江去一跳了之，不見不煩。但是她想到自己的兒子還沒長大，想到媽媽孤苦伶仃，需要照顧，她一步一步走出房門，看見一片藍色的天空。

白金玉跑到衛生間洗了一遍又一遍，然後穿好衣服在陽光下梳理那美麗的頭髮，頭髮像春日裡的楊柳輕輕地擺動著。

這時，老闆又走了過來：「呵，你起來了，看你多漂亮的！」白金玉沒有回答他的話。

「查過了，牛娃子不是你丈夫！」

「你在哪裡知道的？」

「派出所。」老闆很得意地說。

白金玉低著頭。

「還有一件特別重要的事我得告訴你，牛娃子騙了人家的錢，好幾個民工正在找他要帳！」老闆把手背在背後來回踱步。

　　正在這時，外面來了一輛賓士，牛娃子和他叔叔來到了大門口⋯⋯

流動的楝木椅

一

呂秀竹是在黃佳順出院後的第三天早上決計打製這台楝木輪椅的。那時候，是她嫁到七星村的第四個年頭，兒子大寶已有三歲了。

呂秀竹安置好黃佳順，就請來了七星村的老木匠魏老拐。呂秀竹說：「給我打一台輪椅，橡膠胎我已買來了，就差一個木架子了。你給我打一台牢固一些的，最好能坐個五六十年的。」

鬍子拉碴、年近五十的魏老拐瞅瞅躺在床上、被縫了二十二針、坐骨神經嚴重受損已終身癱瘓的黃佳順，好半天沒吱聲。不到三十歲的黃佳順此時面色慘白，一直盯著窗外發呆。農曆七月的天氣，本就炎熱，黃佳順額頭上大滴大滴恣意流淌的汗水，彷彿給這個不幸的夏天，更增添一層熱意。

那天，正是一九九四年的農曆七月十五日，是中國傳統民俗中的「鬼節」。

屋裡靜得連掉下一根針的聲音都能聽得見。稚氣十足的大寶，不時去摸摸父親黃佳順的腿，也乖巧得一語不發。

好半天，魏老拐才問：「你屋外就這些苦楝樹，打輪椅，用麼子打？」

「就用這些苦楝樹，而且要用最好的苦楝樹，年歲最久的苦楝樹，打台能坐五六十年的楝木椅。」

魏老拐瞅瞅呂秀竹——這個七星村曾經最標緻的姑娘，此時，年紀不過二十五六的她，眼神中沒看出來一絲丈夫出事後的六神無主，相反，是十足的斬釘截鐵和毅然決然。

「娃，你想好，這是楝木哦，苦楝木哦……」魏老拐欲言又止，把剛剛想說出口的後半句話，硬生生又給嚥回去了。

呂秀竹不是不明白魏老拐的意思。魏老拐是她的表叔，在七星村，可算是看著她長大的長輩，她明白魏老拐想要跟她說什麼。是的，早在一個月前

山裡女人的夢想：農民作家周汝國中篇小說集

啟程去開縣縣城照顧黃佳順的當天，她娘呂二孀就跟她說了，妹兒哩，你還年輕，如果黃佳順真的不能站起來了，你可要想好哦。呂秀竹「嗯」了一聲，然後用下一句話，「路是自己選擇的，要反悔也晚了」，就搭車去了縣醫院。去一趟縣城，可算經過「九死一生」，呂秀竹暈車，她從七星村出發，再到臨江鎮轉車，到了開縣縣城，早已嘔吐得不省人事。啟程那天，魏老拐也在現場，看著這個倔得跟七星河中那塊洗衣石一樣的女子，他輕嘆了一口氣。

此刻，面對呂秀竹的堅持，魏老拐再嘆一口氣：「好吧，楝木就楝木，要嘗這個苦，也是你自找的。」

「是的，都是我自找的。一切，都是我自找的。我認命。」呂秀竹輕嘆了一聲。

一九九一年的春天，呂秀竹當了黃佳順的新娘。

那年，呂秀竹從臨江中學高中畢業剛好三年，出脫成了七星村的一朵花，身材高挑，臉色白皙，清澈透明的眸子仿若七星潭的水，望一眼讓人銷魂。

之前，娘曾經對她說，妹兒哩，黃家有麼子好？三間破瓦房，兩畝紅砂地，還兄弟三人，有麼子好？呂秀竹說，黃佳順是我同學，高中同學。

娘說，黃家窮，太窮，黃佳順是老大，你去得吃苦。

呂秀竹說，黃佳順是我同學，高中同學。

娘說，臨江鎮的張二嫂來提親了，那人叫周三娃，是獨子，聽人家說，也是你同學。他爸就是咱臨江大名鼎鼎的周大明，周老闆，有三輛中巴車在開縣跑長途。

呂秀竹說，黃佳順才是我同學。周三娃當年就是校內一霸王，流氓！

娘火了，聲音提高了幾個分貝說：「黃家前後左右全是楝樹，苦楝樹。前不栽桑，後不植楝，有楝樹的人家，到老受窮，妹兒哩，你不懂嗎？」

呂秀竹笑了笑，媽，你那是迷信，現在都啥年月了？還信那個。

呂秀竹又說了句，黃佳順是我同學，高中同學。就甩門出去了。

二

臨江鎮的鄉民是在一九九五年的八月中秋節發現那台楝木做成的輪椅的。一個臉膛晒得黑紅黑紅的女子，腆著個大肚子，推著那台輪椅，穿梭在臨江鎮趕場的人群中。輪椅「吱吱呀呀」，伴隨著輪椅上男人的喘息聲，給臨江這個百年老鎮添了一道風景。

那天，跟著輪椅奔跑的，還有一位三四歲的孩子。光頭小孩一路吆喝一路打鬧，吸引了臨江鎮趕場人的目光。

一個男人放肆的笑聲突然響起：「哈哈，這不是當年我們的校花呂秀竹嗎？怎麼，改行當車伕了？」

推車的女子也放肆地笑了笑：「是的，學會當車伕了，還學會了打棺材，要不要送你一個？」

放肆笑的男人是周三娃，放肆回以笑聲的女子正是呂秀竹。這天，呂秀竹推著她的男人來看看一年前他出事的地方。那個地方，早已建成了一棟五層高的磚瓦樓房，再也看不見當年那鷹架倒塌後的半絲痕跡。

「當年，當年……」黃佳順欲言又止，嘴角囁嚅一下，又給嚥回去了，然後，便有一滴淚爬上他的臉頰，「也是我命大……當年……毛三和李海都死了，他們……他們就在那兒……」然後，指一指大樓樓梯的那個地方，「就在那兒，離我不到三尺的地方，當著我的面……就死了……硬生生給砸死了……氣都沒喘一口，就死了……」

順著黃佳順的手指望去，呂秀竹看到了一個新砌不久的花壇，一簇簇紅的、白的、黃的、紫的花正怒放生長。

然後，就傳來了黃佳順終於按捺不住的抽泣聲。

「是的，七星村一起來的，一共三個人，他們都走了，就剩下你。黃佳順，閻王爺不收你，那是要你好好活著。」呂秀竹揩去男人眼角的淚，又默默地從輪椅的車盒裡取出一把檀香、一匝匝紙錢，輕聲說，「去吧，就燒在花壇

那裡。當年，毛三和李海跟你親兄弟似的，你放心不下他倆，要來看看，也好，看看吧，燒點錢過去，讓你的兄弟黃泉路上一路走好……」

說完時，呂秀竹的臉上也有淚掛上了。她輕輕推動輪椅車，瞅一眼跟在屁股後面的兒子大寶，又對男人說：「去吧，燒點錢，給你的兄弟燒點錢，也讓他們保佑我們的兒子大寶，能夠像七星村那株黃葛樹一樣，蓬勃生長。」

三

那天，呂秀竹的輪椅車不知是怎麼走近那棟新建的五層大樓的。大樓是一棟商務樓，開了些賓館、餐廳、雜貨店之類的店面，當黃佳順劃燃火柴，將一匝匝黃紙燃燒在大樓的花壇前時，竟沒有一人前來阻攔。那天，周三娃遠遠地看著，再沒有了往日的嘲笑聲，變得異常安靜。那天，趕場的魏老拐也遠遠地觀望了這一幕，不知是惋惜，還是別的，只是輕輕地搖頭。

那天，呂秀竹是推著哭得暈死過去的黃佳順離開那棟新建的大樓的。一個二十七八歲的男人那夾些幼稚，也夾著一絲滄桑和渾濁的哭聲飄在臨江鎮的上空，讓人壓抑。

那天，呂秀竹是唱著那首歌推黃佳順離開那幢大樓的。歌聲有些無奈，又有些蒼涼：

男人啊，男人

你倒下了

要記得爬起

世界有太多的事

等著你去完成

男人啊，男人

你莫氣餒

要記得振作

家中的妻子和娃兒

是你永遠的支柱

……

那首歌，是呂秀竹自己作詞、作曲的。自從黃佳順出事後，她就唱起了這首歌。每當黃佳順心煩意亂、胡思亂想的時候，她就把這首歌唱一遍。久而久之，兒子大寶也學會了這首歌，常常和媽媽一起，將這首歌唱給癱瘓的爸爸聽。

那天，當呂秀竹推著黃佳順唱著這首歌走到臨江鎮衛生院大門口時，就被黃佳順叫停了。

「該了結了。一切，都該了結了。」黃佳順說。

呂秀竹瞅了男人一眼，不知他在說什麼。近些天，黃佳順老是說些莫名其妙的話，有些話說到一半就給嚥了回去，讓呂秀竹有些摸不著頭腦。大熱的天，呂秀竹忙完地裡的活兒，回到家，再忙完那些雞、鴨、豬的活兒，早累成了一攤泥，根本沒太多工夫去想男人的事兒。

這會兒，當黃佳順又說出這句近日他常掛在嘴邊的話時，呂秀竹忍不住問了聲：「男客（渝東方言，妻子對丈夫的稱呼），你是不是去看下醫生？」她懷疑黃佳順終日坐在輪椅上，一定是胡思亂想，腦子給想糊塗了。

「不是我去看醫生，是你！」黃佳順突然激動起來，瞅一眼呂秀竹的肚子，再瞅一眼臨江鎮衛生院的牌子，「到了，去，去裡面，把他……他……打掉……」

「啊？」呂秀竹驚訝地望一眼黃佳順，沒明白啥意思。

「沒明白嗎？我的意思是，你去衛生院，把咱的二寶拿掉！把！二！寶！拿！掉！沒聽懂嗎？」黃佳順的聲音突然尖厲起來，脖子上的青筋也暴了出來！

呂秀竹的嘴張開了，好久都沒合攏。她怪異地盯著表情同樣怪異的黃佳順，一時間竟然不知道說什麼。

山裡女人的夢想：農民作家周汝國中篇小說集

「我們離婚！你去把娃兒打掉，我們離婚！呂秀竹，我告訴你，今天，我到臨江鎮來，不是來燒紙的，是來跟你攤牌的，我們的二寶，我不要了！你！呂秀竹，我黃佳順也不要了！我們離婚！」黃佳順吼了起來。

這聲音自然吸引了附近的趕場人。他們圍了過來，順便帶過來了山裡男人特有的汗臭味兒、土煙味兒，還帶過來一些好打扮的山裡女人抹在身上的廉價的香水味兒、防晒油味兒。此刻，就因了黃佳順這一聲大吼，小小的臨江鎮彷彿被注入了一支興奮劑，古老的小鎮立即沸騰起來，在三伏天正午的烈日下沸騰起來，個個興奮得瞪大眼睛，眼神裡滿是對即將發生的事情的期待和好奇。

呂秀竹此刻彷彿剛剛明白發生了什麼事，她沒有氣惱，反而對圍觀的人群笑了笑：「我家的男客，腦殼短路了。」然後，一手推著黃佳順，一手拉著大寶，「兒子，我們推爸爸回家。」

「放開我！你聽不懂人話嗎？去醫院，打胎，離婚！」黃佳順鐵青著臉，掙扎著說。

然後，呂秀竹就聽見人群中傳來一陣議論。

——唉，好好的一個女人，正青春年華，給耽誤了。

——是啊，不但要忙活養家，還得照顧男客，有幾個女人受得了？

——是我的話，早走了，守著個癱子，吃喝拉撒都得照顧，將來，那日子咋過啊？

——嗯，放女人一條生路，這才算漢子！椅上的男客做得對，算條漢子！

這些話從呂秀竹耳旁飄過，又像風一樣，霎時消失得無影無蹤了。她扶住了黃佳順，不叫「男客」，而是叫了聲「佳順」，「佳順，走，我們回家！」

黃佳順不知什麼時候，哽噎了起來。他身子往左歪斜，連輪椅帶身子倒在了水泥鋪就的街道上。街道上殘留著些水果皮、菜屑以及煙盒、紙屑之類的垃圾，黃佳順左手撐地，右手摸著一塊西瓜皮，扔出去，眼神空洞，瞅著刺眼的烈日，哽咽聲變成了沙啞的哭泣聲，叫人撕心裂肺，唏噓嘆息。

「秀竹，我們離婚吧，你去……去找個好男人，嫁個好人家……我，我黃佳順來生來世，做牛做馬報答你……」黃佳順哭著說。

「這些日子，你為我……為我們黃家……受苦受累……我都看在眼裡，你……你太苦了……求求你，我們離婚吧……你去把娃兒打了，我們去離婚……我求你了……」

黃佳順的哭泣聲變得含混不清了。

「我……求你了……我們……離婚……」

黃佳順的聲音，終於微小得只有他自己才能聽見了。額頭恣意流淌的汗水混雜著汗漬和眼淚模糊了他的臉，他的眼睛閉上了，聲音微小得再也沒氣力說話了。

那天，呂秀竹的聲音也異常沉重。她求幾個趕場人將黃佳順抬到輪椅上，用異常堅定的口氣說：「黃佳順，我不答應離婚！我生是黃家的人，死是黃家的鬼！

我跟你是領了結婚證的，我是你黃佳順敲鑼打鼓娶進門的！這時候想休了我？沒門！老天做證，臨江的鄉親做證，這台苦楝木的輪椅做證，這輩子，我呂秀竹跟定你了！聽著，我呂秀竹，這輩子跟定你了！」

那個炙熱的七月的中午，呂秀竹推著黃佳順，緩緩地走出了臨江鎮。身後跟著不知道發生了什麼事情的睜著稚氣的眼睛的兒子大寶。大寶身後，是臨江鎮一眾的趕場人，有周三娃，有魏老拐……他們默默地看著這個堅強的女子，和一個三四歲的孩子，用一台「吱吱呀呀」的輪椅車，推著一個沉默的男子，默默地行走在前往七星村的公路上……

四

十年了。

十個春夏秋冬，十個風霜酷暑。滄桑歲月的磨礪，早已將人生的酸甜苦辣深深地刻寫在這個花一樣的女子的臉上。

十年來，七星村村東那幾畝薄土上，不知多少個日日夜夜，總會出現一個戴斗笠或戴草帽的女子。栽秧、割谷、種豆、播麥、養豬、養蠶，她早已變成比男人還要能幹的農事能手，也早已變得「面目全非」──十年了，她沒有添置一件新衣，沒有買過一瓶香水，沒有用過一支防晒霜和雪花膏。每年年底，總有兩隻大肥豬宰殺，每年，總有吃不完的餘糧出售。她把常年坐在輪椅上的男人養得白白胖胖，她把大寶收拾得乾乾淨淨去上學，她把二寶打扮得光鮮亮麗地與小夥伴一起玩耍……她的臉上，魚尾紋已過早地安了家；她的皮膚，也過早地衰老……

　　唯一沒變的，是臨江鎮的趕場天，人們總會見到一台苦楝樹打製的輪椅車出現。

　　推輪椅的女子說，在家裡待久了，總得出來透透風，男人嘛，一年四季藏在灶膛口，哪像個男人？臨江鎮的趕場人早已熟悉了那台輪椅，以及推輪椅和坐輪椅的人，他們給那道風景取了一個詩意的名字──流動的楝木椅。

　　那個推輪椅的女子，名叫呂秀竹；那個坐輪椅的男人，名叫黃佳順。

五

　　十年後一個夏天的深夜，七星村大片的水稻田裡傳來成片的蛙鳴聲，一陣夜風吹過，呂秀竹屋外的苦楝樹上剛結的碧綠的苦楝果發出了「沙沙」的聲音。

　　呂秀竹揉完黃佳順發麻的身子，突然對正昏昏欲睡的黃佳順說：「男客，我們的輪椅又該『流動』一下了。」

　　「往哪裡『流』？」黃佳順「唔」了一聲，沒聽清。

　　「我們去開縣，縣城。老二黃佳秋來電話了，讓我去管財務。」

　　「黃佳秋？哪個黃佳秋？」

　　「你弟黃佳秋呀，咱家老二。」

黃佳順「唔」了一聲，又「咕嚕」了一聲：「老二找你去管帳，他咋不給我說一聲？」

　　「又不是找你去管帳，跟你說什麼？」呂秀竹哈哈一笑，轉身找來一條濕毛巾，抹了抹黃佳順身下的涼蓆。

　　那一夜，黃佳順睜著眼睛，望著漏進月光、星光的瓦縫，挨到了天明。十年了，呂秀竹的苦、呂秀竹的累，他不是沒看到。曾經一朵花似的女人，為了他，為了兩個孩子，早已變成了一株草，而她卻從沒叫一聲苦，沒叫一聲累。其間，這個臨江中學的校花，七星村的村花，為了給他做第二次手術，花光了近七年三萬塊的積蓄，沒有半句怨言。可是，輪椅上坐得久了，他忍不住就愛胡思亂想。

　　一些雜音，忍不住像鬼魅一樣鑽進他的耳中來，村裡那些愛嚼舌根子的女人，曾經的怪話也一遍遍跳到他腦海中來。

　　──看到沒？那天，呂秀竹到臨江趕場，周三娃又對她嬉皮笑臉了。

　　這是村東黃二嫂的聲音。

　　──我啷個看不到？周三娃口水都滴出來了，就差對她動手動腳了。

　　這是村西李三妹兒的聲音。

　　──要不是呂秀竹賣騷，周三娃敢對她那個？黃二嫂鼻子裡「哼」了一聲，有些不屑。

　　──就是，守著個癱子男人，夜裡還不曉得能不能幹那事兒，乾柴似的，看到個壯吼吼的男人還不發騷？何況，周三娃現在也當了老總，聽說都把房地產公司開到縣城了。

　　李三妹兒的聲音也散發出些不屑來。

　　──我敢保證，呂秀竹進不得城，一進城，準得……那個……嘻嘻……

　　──我也保證，她一進城，準得……一騷到底……

　　嘻嘻……

山裡女人的夢想：農民作家周汝國中篇小說集

　　兩個女人從村東的坡頭收工回來，好像故意似的，就站在黃佳順的窗外，一聲比一聲高地將這些話傳到黃佳順的耳中來。

　　這個時候，這些話又跳進黃佳順的腦海中。

　　黃佳順黑暗中摸了摸身邊熟睡的女人，聽到她勞累一天後，此時發出的均勻、香甜的鼾聲，眼睛睜得更大了。

　　這些年，七星村的年輕人沒幾個守村了，大姑娘、小媳婦、小夥子、壯勞力們紛紛遠赴他鄉。有的去了浙江、廣東，有的奔北方去了遼寧大連、山東青島，再不濟也到開縣縣城開起了店鋪或當服務員，紛紛加入了打工大軍，只給村裡留下一些老弱婦殘。人們稱他們「留守兒童」「空巢老人」「鄉村活寡婦」。那些大姑娘、小媳婦每逢春節返鄉，都帶回一些大城市的現代氣息，她們穿著臨江鎮難以見到的時髦衣服，手捧時尚手機，偶爾還迸出一些電視裡才聽得見的普通話，羨殺了村裡人。

　　這個時候，黃佳順看得出，呂秀竹的臉上還是有一絲落寞的。她總是下意識地藏起那雙老繭斑斑的手，扯一扯常年穿在身上的一件花卡其布農衣，再下意識地瞅一眼廳屋裡那台老掉牙的電話座機。

　　這個時候，那在體內埋藏了十年之久的不時跳出來的罪惡感便又跳到黃佳順的腦中來。「我他媽就不是個男人，我他媽就不配做個男人。」黃佳順感到自己就是個劊子手，是自己活生生將呂秀竹的青春和一生的幸福葬送……

　　但是，黃佳順更多的是有一種恐懼。這麼多年，呂秀竹已成了他的天，他已習慣了對她的依賴，他不知道有朝一日呂秀竹離開了他，自己將會過怎樣一種日子。「地獄」，他用了這兩個字來形容。

　　一個晚上，各種不同的畫面，各種不同的想法，像蟲子似的啃噬著黃佳順的腦子。一會兒周三娃，一會兒返鄉人的時尚手機、時髦的普通話，一會兒呂秀竹盯著電話座機發呆的表情……他在黑暗中用雙拳捶了捶發熱、發脹、發疼的大腦，差點揪下一絡頭髮來。

　　天亮，黃佳順才對醒過來的呂秀竹說：「好吧，我答應你，我們去開縣。」

迎著窗外刺眼的朝陽，黃佳順嘆了一口氣。

六

黃佳秋開了一家中型建築公司。這些年，黃家三兄弟除了黃佳順，老二、老三的事業都做得風生水起。一個當建築承包商，一個當餐廳老闆，就黃佳順得靠女人過活。老二黃佳秋和老三黃佳田承擔了贍養父母的義務，還拿出一些錢來，想要接濟一下黃佳順，但被呂秀竹拒絕了。

呂秀竹說，你們不讓我們操兩位老人的心，我已經很感激了。我能靠我的雙手，養活你大哥和兩個兒子的，請放心。

要不是大寶即將上高中，二寶也快升國中，家中的開銷一天比一天大，呂秀竹是說啥也不願離開七星村的。最讓她焦慮的是，黃佳順的坐骨神經不時舊疾復發，已動過兩次手術了，每次的醫療費用都是一筆不小的數字。她覺得靠兄弟過活，有些「屈人簷下」，雖然，黃佳秋曾一次又一次催促哥哥一家換個環境，到城裡去討生活。黃佳秋不止一次承諾，會給嫂子一份輕鬆的工作，還會保證哥哥一家衣食無憂，但一次次都被呂秀竹婉言謝絕了。

當大寶中考後，開縣中學高中部發來入學通知，要繳納八百元學費時，呂秀竹鐵一樣的心弦被觸動了。家中早已一貧如洗，不用說學費，連給大寶添置一件新衣的錢也沒有。開縣中學是全市重點中學，能考上，自然是件天大的喜事，但是，進了新學校，學校裡多的是有錢人家的孩子，穿著一件洗得發白、土得掉渣的衣服入學，會不會傷了兒子的自尊心？幾經思慮，呂秀竹終於想通了，為了兒子，她得去城裡，得換個環境了。

就這樣，呂秀竹帶著大寶、二寶，帶著黃佳順，坐著黃佳秋特派來的長安車，來到了開縣城。

一同來到開縣城的，還有那台磨得發白的棟木輪椅。

幾天後，有到開縣城辦事的臨江人看見，開縣那條古色古香的漢豐街上，一個山裡女人用一台棟木輪椅推著一個山裡男人，穿梭在漢豐街大大小小的

三輪車中。二人怡然自得地走著。女人望著漢豐街古舊的街景，不時指給輪椅上的男人看。男人順著女人的手指看去，有種劉姥姥初進大觀園的驚訝。

臨江人說：「流動的棟木椅，又流動到縣城了。」

七

黃佳順是在呂秀竹的辦公室扇了周三娃那記耳光的。那天，呂秀竹穿了件連衣裙，頭髮燙成了捲髮，金黃色，乍一看，真有些影視明星的架式和氣質。

進城兩年了，當了兩年財務總監的呂秀竹早已融入現代都市人的生活，潛伏多年的俊俏稍經打扮便顯露出來，勾來不少城裡男人的眼光。她手上的老繭在兩年城市生活的浸濡中早已蕩然無存，三十六七的年齡，透出一股城市熟女的獨有氣質，叫人看了，誰也難以想到，兩年前她曾是一個地裡一把手、家裡一把手的農婦。

周三娃是因為一筆業務來到公司的。周三娃的房地產公司在趙家場上馬一個項目，急需尋找建築公司，於是想到了同是臨江人的黃佳秋。他沒想到，能在黃佳秋的公司看見這個中學時代自己暗戀的校花呂秀竹。他更沒想到，十幾年蟄居七星村的那個曾經土得掉渣的呂秀竹此時時尚、時髦，差點亮瞎他的眼睛。

周三娃開始隔三岔五地往呂秀竹的辦公室跑。頭髮梳得油光發亮，西裝革履，還戴上了一副金絲邊的眼鏡。

周三娃說，校花，做我的情人，好不好？周三娃又說，我們互不影響家庭，只為尋找一份心靈的灑脫和安慰。

周三娃還發來些情意纏綿的簡訊，訴不盡的「相思」之苦。他還去花店訂了好幾束玫瑰花，叫花店的人每過幾天就送一束到呂秀竹的辦公室來。又買來些鑽石項鏈、鉑金首飾，還開了一張空白支票，讓呂秀竹隨意填上數字。

呂秀竹扔掉了那些玫瑰花，撕掉空白支票，將鑽石項鏈、鉑金首飾原封不動退回，再回了條簡訊：周同學，我們都是成年人了，不要鬧了。

呂秀竹不敢對這位昔日的同學有過激的言辭。他是公司的大客戶，為了公司，為了小叔子黃佳秋，她只能對他笑臉相迎。恰是這樣，也讓周三娃有些想入非非。呂秀竹如花的笑靨，總讓他有些神不守舍。

一天，黃佳順閒得無聊，被呂秀竹推到她的辦公室透透氣。於是，他就看見了周三娃那張油光水滑的臉，晃動在呂秀竹的面前。周三娃開車路過，鬼使神差的，竟親手捧著一束玫瑰花來到呂秀竹的辦公室。

周三娃臉上的笑，掛著一絲流氣，也有一絲真誠。他彎腰將玫瑰花擱在呂秀竹辦公桌上，甩了句：「收不收在你，送不送在我。鮮花配美人，總好過鮮花插牛糞。」

辦公室外的員工便聽見「啪」的一聲響。周三娃出來時，臉上留下了五根鮮花似的血手印。

員工們後來才知道，就在周三娃彎腰說話的那一刻，黃佳順從裡面的小屋自己推車出來了。他是推著車衝出來的。他推車的速度快得叫人不敢相信。他的臉上又現出來慣見的暴出的夾著血絲的青筋。他的爆發力在那一刻如洪水般湧出，從輪椅上掙起身子，張開一張巴掌，猛力地向周三娃的臉上甩去。

「太欺負人了！」黃佳順渾濁的嘶吼聲響徹在空中，咆哮著，夾著憤怒、憋屈，更多的是無奈……

這聲嘶吼聽得人震顫，又有些心寒。

八

夜裡，呂秀竹慣常地伸手去按摩黃佳順麻木的身子，黃佳順側過身子，像見了蒼蠅似的躲開。

呂秀竹說：「男客，你不相信我？」

黃佳順沉默著。

呂秀竹又說：「這麼多年了，我是啥子人，你不知道？」

黃佳順沉默著。

呂秀竹啜泣起來：「你把我想像成啥人了？」

黃佳順沉默著。

呂秀竹抽動著肩膀，當抽泣聲漸漸轉成嗚咽聲時，黃佳順開了口：「呂秀竹，我們離婚吧。」

呂秀竹停止了嗚咽，定定地看著她的男人。

「這麼多年了，我拖累你了，我們離婚吧。」黃佳順說。

呂秀竹「啪」的一聲甩過去一耳光。「離婚？想得美！十幾年前你黃佳順想休了我，沒休成！現在想休了我？晚了！這記耳光，是對你不信任我的回報！你給我記住，今生今世，只有我呂秀竹休你，還沒輪到你黃佳順休我！」

一通發洩，吼過了，呂秀竹轉身抱住黃佳順，把大把大把的眼淚灑在黃佳順的肩膀上。

黃佳順抱著呂秀竹，失聲痛哭起來。

九

呂秀竹去找黃佳秋，說：「老二，放我們一家回七星村吧。我想帶著你哥回老家。家裡的房子也該回去看看了，幾年沒回去，怕都漏雨了。」

黃佳秋笑了笑：「嫂子，你急了？哥不相信你，我還不相信你？」

呂秀竹說：「為了你哥，請放我們回家。」

黃佳秋沒理睬。

呂秀竹又說：「為了你哥，請放我們回家。」

黃佳秋又笑了笑。

黃佳秋當著呂秀竹的面，撥通了周三娃的手機：「老周，我們的合作關係到此為止吧。今後，我們也不用再合作了。請不要再到我公司來。」

說完，黃佳秋再笑了笑：「嫂子，這下放心了吧。」

然後，黃佳秋找到黃佳順，推著他出去轉了轉，說：「哥，能找到嫂子那樣的人，是你的福氣了。你莫要再胡思亂想了。」

十

「我要砸了那台楝木椅。」呂秀竹說。

魏老拐瞅一眼呂秀竹，說：「這才幾年？當年，你不是說要我給你打一台能推五六十年的輪椅車嗎？這才幾年？」魏老拐有些不明白呂秀竹的意思。

「表叔，當年你說楝木做成的輪椅，苦，要苦一輩子。我不想再苦了。」

那天，魏老拐幫他的表姐——呂秀竹的娘給呂秀竹捎來一隻雞、兩塊臘肉。呂秀竹煮了午飯，留魏老拐一起吃飯時，呂秀竹說出了這個驚人的決定。

這天，距呂秀竹來到黃佳秋的公司已經八年了。

吃飯時候，黃佳順不在場，只有大寶在場。大寶早已出落成一個帥氣的小夥子，大學剛剛畢業，被二叔黃佳秋留在公司當了工程員。

魏老拐看一眼呂秀竹，這個四十多歲的女人戴了一副眼鏡，留著一頭披肩長髮，臉色白裡透紅，臉上是滿滿的幸福。

「你不想管你男人了？」

「不管了。表叔，你打的輪椅太那個了……啥破椅喲，苦楝木做的……害我推了這麼多年……門前不栽桑，門後不植楝，苦楝木不吉利，表叔，難道你不懂嗎？」

魏老拐差點嚷了起來。他至今仍然記得，當年他拒絕給黃佳順打那台楝木椅，說苦楝木做家具，會給人帶來苦運，是呂秀竹求著他打的。

來到城裡，魏老拐還沒有見到黃佳順的面。他早聽呂秀竹的娘說，三個月前，呂秀竹帶著黃佳順飛了一趟深圳。這是呂秀竹第三次帶著她的男人醫治他的頑疾。或許，頑疾難治，呂秀竹已徹底死了心，砸破輪椅，對他的男人不管不顧了？魏老拐正摸不著頭腦時，大寶指指樓下說：「表爺爺，我給我爸買車了。用我半年的薪水買的。聽，車剛熄火，他們一定回來了。」

魏老拐從窗外望去，樓下，果然有一台大紅的殘疾人專用車。

隨著門「吱呀」一聲響，長得五大三粗的二寶攙著黃佳順進來了。二寶說：「表爺爺，我帶著我爸去學車了。學了三天，我爸已能開一百米了。」

更叫魏老拐驚詫的是，黃佳順居然能走路了。人到中年，有些發福，雖然走得那麼艱難，一瘸一拐的，但不用人扶，能走幾步了。

吃過飯，魏老拐親眼看著呂秀竹帶著兩個兒子，砸了那台被她推了近二十年的楝木輪椅車。砸過車，呂秀竹在黃佳順的臉上抹了一把：「男客，往後就靠你自力更生了。我可不願再推著你出去了。」

黃佳順摘去呂秀竹頭上一根不知何時長出來的白髮，心疼地說：「秀竹，往後，換我帶你了。你坐我的車，我們每天都去兜風。」

魏老拐知道，這家人的苦日子，已經過去了。

跑進野雞嶺的女人

「天哪，秋菊跑進野雞嶺去了！」

「啥？你說啥？秋菊跑進野雞嶺去了？」

「是啊，至今沒有出來。」

在村口，好幾位村民碰在一起議論著這個事兒。

可是，有的村民不相信這事兒：「啥？她一個年輕女人有那個膽，敢跑進野雞嶺不出來？」

是啊，野雞嶺是啥地方，就是男人，單獨一個也不敢進野雞嶺！

地處偏遠的野雞嶺，山高谷深，古木參天，亂石林立，野物眾多。以前曾暗藏土匪，殺人越貨都是尋常之事。

可是，秋菊居然進了野雞嶺？秋菊是誰？

秋菊是寶生的老婆。

秋菊是村裡的美人兒，十八歲出落成一朵艷艷的花兒時，方圓三十里的媒人踏破了門檻秋菊都沒有點過頭。寶生是本村的青年，生得人高馬大很帥氣，也請媒人向秋菊提親，但是也被婉拒了。寶生認為是自己家裡窮的原因，便進城務工找機遇。

寶生腦瓜子不笨，在城裡還真發現了一個機遇，那就是野生奇異果賣進城裡時價格非常高。於是他和城裡一個商戶簽好收購合約，自己到山裡從農戶手裡低價收購野生奇異果再到城裡轉手賣，三年下來，竟然賺了一大筆錢，他用一部分錢回村蓋上了兩樓一底的磚混房，留一部分票子，準備找個媳婦過日子。

消息很快傳開，四鄰八村的媒人都嘻嘻哈哈地跑來給寶生說媳婦。這個寶生卻對其他女孩不感興趣，只想媒人說秋菊來當媳婦。可是有個媒人說，聽說秋菊已經和她在城裡的表哥定親了。寶生說：「我打聽了，他們是談戀愛，早就吹了。」媒人很積極地說：「我馬上幫你去提親。」寶生說：「先不忙

說提親，你幫我巧妙地試探一下，他們睡過覺沒有，要是『那個』了，我可不要『二手貨』！」

　　媒人很快回覆了消息：秋菊的表哥家底厚實，聽說在城裡也有女朋友。他不是真心和秋菊談戀愛，是看秋菊漂亮，想占她便宜。秋菊始終防著他，即便抱著在床上打滾，秋菊的內褲始終都打著死結。秋菊表哥占不了便宜，就把她甩了。

　　「好，我要的就是『原裝貨』！」寶生急忙備大禮請媒人去說合秋菊。可是秋菊礙著曾經婉拒過寶生就沒有答應。寶生態度堅定，自己出馬，一次兩次親自上門提親，終於抱得美人歸。

　　兩口子開始認真過生活，和和美美惹人羨慕，遺憾的是，結婚兩年多，秋菊的肚子鼓不起來。

　　一個夏天的夜晚，氣候悶熱。

　　村裡人家在這樣的夜晚，照例是到屋前屋後的坡上乘涼，有的把竹蓆鋪在草坪上，有的用兩根板凳擱張涼板床，待氣溫下降以後才回屋睡覺；也有的為了觀天、防雷雨和盜賊在晒場上過夜。

　　吃了晚飯，寶生和往常一樣在院子的涼板床上乘涼。秋菊把所有的家務活幹完以後，洗了澡才到院子裡去。發現寶生早已進入甜蜜的夢中打起呼嚕，秋菊推了推他的腿，擠在一角側著身子勉強睡下來。

　　開始時能看到星星點點燈光閃爍，聽到打麥機和風車轟轟的聲音。漸漸的機器也停了，大地一片寂靜，月兒當頂了，天氣才慢慢降溫。寶生一覺醒來，才想起洗澡後只穿了一條短褲，身上感覺有些涼，便回屋到床上睡了。

　　勞累過度的人最好睡，就像死人一樣啥都不知。秋菊睡得最香的時候，迷迷糊糊中感覺有啥物體壓在自己身上，那東西還動作不斷，一雙大手在脫她的褲子。她想當然認為一定是自己的丈夫。丈夫每次與自己做愛的時候，很少說話，都是用手代替了語言。她也很不好意思說句話，總是閉著眼睛把最美好的詞語藏在心裡。她以為又是丈夫上來了，不怕累你就來吧！朦朦朧朧中，她感覺上面的身體運動得比過去激烈，喘氣時的激動情緒也和平時分

明不同。秋菊也感受到了某種快感，順手環抱上面的身體，手掌撫摸處好像有一顆豌豆大小的肉痣。噢，表哥，是我親親的表哥嗎？哪能，哪裡會呢，是自己太想表哥而產生的幻覺罷了。她愛表哥，很愛。可是表哥玩世不恭，不真心，不專一。秋菊對表哥的愛揮之不去，那麼就把上面的丈夫權當是表哥吧⋯⋯

到了下半夜，月兒快落了。一股冷風吹來，秋菊感到涼意，翻身一看不見丈夫，知道他回屋去了，抬頭望天，星星還眨著眼睛，遠處還黑乎乎的一片，便起身回到屋裡床上繼續睡。

連日來天氣都很熱，寶生白天割完麥子，還抽時間幫人家抽水整田。好幾個晚上都是一覺睡到天亮。那天晚上有些變天，田野裡吹起了風，寶生感覺有些太涼先回屋裡睡了。翻身時他的手正好碰到了妻子的乳房，寶生的興趣被激起來了，他不停地往下摸，秋菊很疲勞，表示反感：「真討厭！難道你不怕累？」「好幾天沒幹了，想呢！」寶生厚著臉皮繼續把手往下滑。

「不是剛來過嗎？你還想？」秋菊抓住手說。

「你說啥？誰來過了？」寶生突然一屁股坐了起來。

「你⋯⋯」秋菊感到有些奇怪，這究竟是怎麼回事？「說，剛才誰來過了？」寶生拉開電燈，在衣服荷包裡取出一支煙點起來，狠狠地吸了一口。

女人膽小，經不起男人的威脅和怒吼。秋菊老老實實將剛才發生的一切告訴了寶生。但是，她沒有把感覺是表哥的想法說出來。她以為這不是她的責任，寶生應該體諒她。

恰恰有的男人和女人想的完全不同。當男人愛上一個女人的時候，最容易吃醋。借錢、借米都無所謂，唯有老婆不能讓別的男人占便宜，更不能讓別的男人沾老婆的身子，誰搞了他老婆，比在他身上割一塊肉還痛。他對女人愛得越深，就越痛，愛得越深沉，痛得越厲害。

寶生覺得自己受到了莫大的屈辱，恨得咬牙切齒，眉毛倒豎，眼珠像要暴出來了，彷彿暴風雨就要來臨。

「你為什麼不和我一起進屋來？」

「你回屋睡覺時為啥不叫醒我？以前乘涼誰先醒都要喊一聲，可是你……」

「你為什麼麻痺大意，不仔細看一看他是誰？」

「咱們結婚這麼久，難道你不瞭解我？哪一次做愛時我看過你的臉？我才不好意思呢！」

「現在都啥年代了，你他媽的太傳統！」

「你不說傳統好嗎？保守珍貴呢！」

「你少給我磨嘴皮，我現在要知道那個偷竊你身子的男人是誰，非把他抓來整一頓不可！」

「哪知道他是誰？反正和你一樣，很有力氣。」

「難道你睡得那麼死，一點兒感覺也沒有！」

「誰說沒感覺，像男人一樣……」

「你告訴我實話，是不是你老表？」

「你別胡說，老表這兩年就沒有回過村。」

　　寶生很後悔，以前每次在晒場上乘涼，兩口子都是一塊兒去，一塊兒回屋，幾乎都是上半夜在院子乘涼，手裡拿把扇子趕蚊子，聽收音機，談天說地，數星星，看月亮。渴了從西瓜地裡抱個大西瓜，邊吃邊吹牛。有時候兩口兒比賽，看誰摘的瓜甜。月光下誰也看不準哪個瓜甜，哪個瓜不甜，完全靠經驗，如果只認為最大的瓜甜，結果卻不一定贏。有時猜謎語、補詞句，誰輸了，誰煮早飯，寶生經常輸給秋菊，贏了的人哈哈笑。有時打情罵俏，捏腋下逗樂。今日寶生什麼興趣也沒有了，他恨秋菊太大意了。

　　是誰這樣壞？這比被強姦還痛苦。被強姦還可以識別他是誰，至少對他的大體外貌有所瞭解，人物特徵有些認識。而這件事發生在午夜，為什麼他知道寶生回屋去了，秋菊一個人睡在那裡？而且那麼膽大，輕而易舉就得手。

他想立即報案，稱有人強姦了他的妻子。但是人家又沒用槍、用刀，而且是秋菊心甘情願，一點威脅和逼迫的意思也沒有，怪只怪自己的老婆警惕性不高，捉住了只是教育批評一下，一般不會坐牢的。如果沒有抓住他，他是不會認帳的。

寶生想，像你這樣的女人，今後能否出現這樣的事很難說。從那以後，他一直很痛苦，吃飯沒有味兒，幹活沒有勁兒，總是背著一個沉重的包袱。坡上的地瓜地該除草了，他望也不望一眼，田裡缺水了他管也不管，整天只知道睡大覺。

而秋菊卻不同，她暗暗下決心要找到那天晚上偷竊她的人。誰跟她男人很像？村裡有好幾個。張二娃膽大，曾犯強姦罪被判過刑的。但是張二娃刑滿釋放後表現很好，一直在沿海打工，前幾天，他老婆從郵電局取了張二娃寄回的一大筆錢。村裡有個姓朱的，外號豬兒耙常和她開玩笑，有時候還動手動腳。是不是他賊心不死，明偷不行就暗來？但是他家和秋菊家相隔一面坡，一直不瞭解秋菊家的情況。秋菊和表嫂聊天，據說豬兒耙家小舅子做生日酒，他一夜打牌沒下桌子。要不就是單身漢趙癲子？他的地早就種完了，沒事到處轉，平時間見了女人就像貓兒見了魚，往女人堆裡鑽，沒人瞧得起趙癲子。十天半月不洗澡，臭味熏人，大家看見他那禿頭就吐口水。要不就是隔她家很近的男人？因為幹這種事必須熟悉情況，沒有長期的瞭解怎能曉得她男人進屋時只剩下她一人在外面乘涼？隔壁幾家都比她家莊稼做得寬，活兒多，自己的事都忙不過來，還有其他心情嗎？有人說做賊心虛，察言觀色也許能發現線索。秋菊第二天沒有忙著下地，而是假裝割野豬草，主動和女人聊天，和男人搭話。但是她從這邊坡到那面山把所有的人都看了一遍，也沒有發現可疑之人。

秋菊沒有找出那個人來，寶生一直不高興。動不動就發脾氣，拍桌子甩板凳，不是說飯煮多了，就是說菜的鹽味重了。凡事她都讓著點，都怪自己不好，一時不小心，給自己和家庭帶來這麼大的痛苦。她下決心一定要找到那個壞男人算帳，這一切都壞在他的身上，是他把秋菊的幸福破壞了，秋菊像啞巴吃黃連——有苦難言。丈夫有冤無處申，把秋菊作為出氣筒，她實在

山裡女人的夢想：農民作家周汝國中篇小說集

無法承受這種不明不白的打擊，她把一切痛苦和怨恨記在那個壞男人身上，她下決心千方百計要抓住他，希望證明自己，她是無辜的受害者，只有這種辦法才能治癒丈夫的心病。

從此，秋菊每時每刻都在打聽村裡所有男人的動向，她覺得所有的男人都不可信，覺得世上所有的男人都很壞，所有的男人都沒有責任感。偷雞摸狗的不算一條漢子，有本事讓我心甘情願，傾倒在你面前。

看到丈夫悶悶不樂的樣子，她很心痛。丈夫打她，她不還手，罵她，她不還口。這一切都是她自己造成的，這叫自作自受。越是這樣想，她越是對丈夫體貼和溫柔，主動挑起家裡的重活，儘量讓丈夫休息。生活上多關心，雞每下一個蛋，她都煮給他吃，用真情去求得男人的寬恕。可是，丈夫不但不理解，反而表現出高高在上的姿態，越來越兇狠，越來越蠻不講理，過去只是摔東西，現在還打人。

一天，寶生輸了錢回家來，揭開鍋蓋見什麼也沒有。他以為像往天那樣打了牌回來，妻子會把飯菜端到桌上。那天秋菊回娘家去了，路上堵了車，回家來已經很晚了，剛走進門寶生就和她吵起來了。寶生說：「你到哪兒去了？是不是偷人去了？」秋菊說：「鍋灶我背著嗎？你不能煮飯嗎？」寶生想，你自己有錯還給老子頂嘴，太放肆了。人家都說我管教不嚴，都說我手軟，今天我要真像個男人。重重的兩耳光打在秋菊的臉和鼻子上，鼻血順著嘴往下流。秋菊從小到大父母都捨不得打一下，想不到遭到丈夫打，而且是那麼重，那麼狠。揩眼淚時她發現有血，更是感到傷心。她一氣之下跑到廚房去拿菜刀，又被寶生推出門外：「滾，滾，永遠不要回來……」

秋菊第一次看到丈夫這樣殘酷無情，此刻她反而變得堅強起來。一旦感情破裂，她的自尊受到打擊以後，她沒有期盼和乞求，揩乾眼淚，忍受痛苦，找了幾件衣服裝在塑膠袋裡，挺起胸走了。

女人的自尊一旦受到打擊以後，她就會仇視對方。打擊越重，仇恨越深。為了復仇，她就會勇敢地活下去，絕不向困難低頭。

通常情況下，女人遭受丈夫打罵以後，會回娘家投訴，把所有的委屈告訴親人，呼籲娘家人給她撐腰壯膽，伸張正義，彷彿只有娘家人才可親，哥哥嫂嫂、弟弟妹妹才是唯一的後盾，爸爸媽媽才是唯一的救星。然而秋菊不，那樣會造成更大的影響和矛盾，許多血的教訓值得她注意。因此，她沒有向娘投訴，也沒有外出打工。而是朝野雞嶺走去。

為什麼她要到野雞嶺？因為野雞嶺荒無人煙。以前凡有想不通的人都到野雞嶺，那裡有野雞蛋，有竹筍，有蘑菇，還有柴燒，只要有吃的就餓不死，那裡沒有人管，無憂無慮，自由自在，像鳥兒似的自由生存。小時候她曾經和同學們上山撿過野雞蛋和蘑菇。有一回下暴雨，她和幾個同學在野雞嶺找到了一個岩洞，在那裡煮野雞蛋、蘑菇，吃得挺香，過得很愉快，說了一夜的話，唱了一夜的歌，直到嗓子唱啞了，口水說乾了為止。

現在她又要到野雞嶺，但不是像童年時代去玩的，而是自己遭到不幸，是被丈夫逼得無路可走，才到這兒來的。這次到野雞嶺是想住下來，等待時機報仇雪恨的。

天下著綿綿小雨，秋菊走了一天的路，好不容易爬上了野雞嶺，來到她曾經住過的岩洞。洞子有兩間屋子大小，曾經有人來過，地上有亂七八糟的石頭，有人在石頭上用報紙墊著坐過，地上還有瓜子殼、水果皮和喝過飲料的塑料瓶子。

天漸漸黑下來了，月亮也不知跑到哪兒去了，四周一片寂靜，只有山下農莊裡隱隱約約可以看見點點燈光。以前山上有野雞，有猴子，有野兔，有竹筍。文化大革命以後，樹砍光了，野雞飛走了，猴子也不知道跑到哪兒去了，蘑菇也少了，到處是亂石林立，雜草叢生，附近的農民上山的少了。荒涼中她像一隻受傷的野雞失落地在這裡過夜。

第二天，秋菊醒來的時候，發現洞口不遠處有個背簍，有油、鹽、柴、米，凡是廚房該用的鋁鍋、鍋蓋、飯瓢、竹筷等都有了。是誰送來的？

啥都有了，現在還缺水。她滿坡去找水，野雞嶺上沒有一塊田，沒有一個水池，到哪兒去找水呢？如果水不解決，就無法生存。她滿山去找水，但

山裡女人的夢想：農民作家周汝國中篇小說集

　　始終沒有找到水源，她坐下來歇氣，希望天上下雨，但是下點微雨也不能當水用。突然她發現岩石下的草長得嫩綠，刨了刨，發覺地有些濕，於是她找了一根樹枝往下刨，越刨越深，越深越濕，挖出一個較大的水坑以後，看見水珠不斷地冒出來，她喜出望外。

　　過了一夜以後，她再來到岩石下，發現坑裡已經浸滿了清水。一張喜悅和興奮的臉立即出現在水裡，她把水面當鏡子照了照，然後捧了幾捧水喝了幾大口，又洗了洗臉，高興極了。

　　從此，野雞嶺上升騰起一股炊煙。

　　別人送的東西是有限的，自己創造的才是無限的。雖然時常有人悄悄給她送吃的，送穿的，但這些都是暫時的，她要自己去開創未來的路。她首先想到的是栽果樹。栽什麼果樹最值錢？家裡屋門口有幾棵紅橘，每年要產幾百斤橘子，又紅又甜，收入上千塊。照此計算，如果栽上幾十棵、幾千棵能賺多少錢啊！她決定按照自己的想法，既實際也不實際，一個女人不懂紅橘栽培、管理技術，能成功嗎？而且紅橘一般要五到六年才能掛果。紅橘需要足夠的水分，野雞嶺上去哪兒找水？天旱咋辦？女人一旦決定要辦的事誰也阻擋不了。她天天堅持打窩子，挖得石頭喳喳響，手上打起了血泡，她用手巾包起來繼續幹，她聽媽說年輕時候媽修過水電站，打過隧洞，擔任過「鐵姑娘」隊的隊長。鐵姑娘的肩膀是鐵鑄的，手是鐵打的，什麼困難都不怕。

　　她的精神把老支書感動了，老支書動員群眾植樹苗，支持她。有人說秋菊是犯精神病了，抱雞母想吃天鵝蛋，這麼多年從沒有人在野雞嶺栽果樹能成功。

　　野雞嶺上沒有水源，樹哪能活呢？老支書說：「癲就讓她癲吧！我想她也是被逼得沒有活路了。」最後老支書在鄰村果園要了一批果苗，親自給秋菊送去。

　　那年栽下橘苗後，天氣大旱，橘苗全枯死了。

　　有人勸她還是下山去，不要異想天開，兩口兒吵架常有的事。有句俗話說，兩口兒打架不記仇，晚上照樣睡一頭。

有一天，她突然感到頭暈，惡心、嘔吐，開始她嚇了一跳，可是她又立即鎮靜下來，覺得沒有什麼可怕的，可能是懷孕了。懷上了誰的孩子？現在說不清楚，反正只有自家男人和那個偷竊自己的野男人幹過事。有沒有必要告訴自己丈夫？她想：要是男人說孩子不是他的，我該怎麼辦？該不是自討沒趣。要真是那個偷竊自己的男人的，也好作為一個證據。根據兒子的長相才便於去識別他的父親，好洗清自己的不白之冤。這是一個好辦法，她堅決要把孩子生下來。

　　冬天到了，細雨綿綿，夾雜著點點雪花，路上行人少，家家關門閉戶。有的坐在被窩裡燒著電熱毯看電視，有的桌下擱下電烘籠打麻將，只有雞不怕冷，一隻紅公雞帶著一群母雞在屋前屋後奔跑，用爪子刨食吃。

　　寶生無心看電視，也沒有打麻將。他坐在階沿上抽悶煙，望著遠遠的野雞嶺。昨天他上街趕場聽別人說看見秋菊在野雞嶺，差點把別人嚇了一跳，說她衣服破爛，臉色蒼白，住在岩洞裡。

　　山越高氣溫越低，氣溫越低越容易下霧，那裡早已是冰天雪地。她冷不冷？岩洞裡沒有電熱毯，她鋪的什麼？下雪以後，山上沒有蘑菇，野雞也不下蛋了，她吃什麼？一日夫妻百日恩，寶生哪裡放心得下？自從他知道秋菊在野雞嶺後，一夜沒闔眼。人心都是肉做的，為什麼讓她去吃苦？這樣下去豈不成了野人嗎？他看過《白毛女》，聽過那首淒涼的歌，覺得自己有錯，不應該罵她打她。聽說秋菊大著個肚子，那一定是我的孩子，還不快去把她接回來？寶生換了一雙雨靴，冒著小雨，順著彎彎曲曲的小路走了兩個小時，好不容易找到野雞嶺山頂的岩洞。

　　洞口早已用竹子和松樹枝捆綁封了起來，而且松樹枝上放了許多閻王刺。什麼是閻王刺？就是一種帶刺的藤，刺上長有倒鉤，掛到衣服褲子上取不掉，鑽進肉裡痛，就像密密麻麻的電網，防止敵人侵入的防盜線，誰也不敢近前。

　　寶生站在洞外叫秋菊回去，她沒有應聲。他向她道歉也沒有用。開始他想像過去那樣，找幾個人把洞口的樹枝和閻王刺撤掉，可是那樣未必有效。反而會適得其反，會導致矛盾激化。

山裡女人的夢想：農民作家周汝國中篇小說集

第二天，寶生到街上買了件紅毛衣，又從壁頭上取了幾塊肉，捉了一隻雞到野雞嶺去。秋菊見他來了就躲起來，不與寶生見面。寶生找不到人，喊也喊不答應，很生氣，想找幾個朋友把洞口的防線全部撤掉，看她住哪兒，往哪兒躲。

朋友勸他算了，捆綁不成夫妻，強扭的瓜不甜，讓秋菊自個兒下山最好。還有人說，真要是女人死了心，強拉下山去也不安心，就隨她去吧！

野雞嶺山下的農民自從在山上撿蘑菇，發現有個女人以後，都感到稀奇，特別是那些沒有事的老太婆更為關注。據說很早以前野雞嶺也住過人，一對自由戀愛的青年就住過岩洞，都是有錢的子女，他們為了愛情，背叛家庭，逃到野雞嶺過夜。後來男的拋棄了女人，遠走他鄉，女的生了一個兒子，後來當了大官……這麼多年一直沒有聽說野雞嶺上有人住，今日又有一個女人，而且生了一個兒子又白又胖，聲音洪亮，很遠都能聽見他的哭聲。都說這孩子將來一定有出息。山下的老太婆、青年婦女都上山來看稀奇，有的送米，有的送雞，有的送蛋，有的送錢。還有七八十歲的老太婆不遠幾十里也要來看一眼。一時間，形成了一股風，看野雞嶺女人的男男女女紛至沓來。

誰知這件事驚動了當地民政部門。他們派員到野雞嶺調查，調查後發現一個女人住在野雞嶺的岩洞裡還生了一個孩子，問她為什麼住在洞裡，她不回答。有人告知，說她丈夫曾經接她兩次，她都未曾下山。現在是什麼年代了，誰還住岩洞？叫她丈夫必須接回家。

常言說得好：人怕傷心，樹怕削皮。女人一旦傷心，她就記恨在心反目為仇。無論寶生怎樣求情，她都不動心。「你回去吧，我是一個苦命人，沒有福氣享受家庭的溫馨。只要有了孩子，什麼我都不需要了。」這裡就像個獨立王國，一切都是自己說了算。大自然給了她自由，她有了獨立生活的權利。她重新開始用自己勤勞的雙手來開創未來，以智慧去創造新的生活，只有做生活的強者，勇敢地活下去。

活兒空閒的時候，她就教兒子識字。她早就聽人說過，從兒子的面相可以判斷父親的長相，父親的長相可以識別兒子的模樣。目前觀察，兒子不太像表哥的模樣，可是兒子背上恰恰也有一顆肉痣。表哥背上那顆肉痣她再熟

悉不過了。當然，湊巧的事兒也是常有，所以，等兒子長大一些了，自己就去尋找那個偷食者。據說還有一種辦法，那就是血型化驗，一般兒子和父親的血型是一致的。

每時每刻她都抱著希望，一定要找到那個偷她身子的人，可是，她還沒有想好，是找他報仇，找他算帳，找他洗清自己的不白之冤呢，還是有其他想法？她自己也不清楚。如果那個偷食者真是表哥呢？要真是他，如果他也單身，那我就嫁給他……

卻說寶生兩次碰壁之後，感到心灰意冷，以前他怪秋菊不小心，一切都是她造成的。而現在他把仇恨記在那個不道德的男人身上，如果不是他偷了老婆的身子，事情就不可能發展到現在這個地步。最可惡的是還生了一個兒子，如果經過證明，真的是那位偷食者的兒子，我該怎麼辦？別人會怎麼說？那不是真的含著冤屈撿頂「綠帽子」戴在自己頭上嗎？要是當初自己冷靜一些，坐下來和老婆心平氣和地談談，到醫院去檢查一下，或者把孩子打掉，也許別人不會知道，時間長了也就忘了。可是現在孩子已經滿坡跑該讀書上學了，已經沒有辦法採取補救措施了，唯一的辦法是出門打工去，眼不見心不煩。

現在他有個想法，那就是等自己有了錢把秋菊和兒子接下山，離鄉背井，到很遠的地方去，讓所有的人不知道這件事。

一個人只要有了堅定的信念，他的思想就很堅定，他就會千方百計去實現他的諾言。寶生除了搞建築，每天上八小時的班，晚上還幫助老闆守庫房，每月的收入比別人幾乎多一倍。

有一天，公司老總把他叫到辦公室說：「寶生，我看你的工作很不錯，只要好好幹，你一定會有出息的。」

經過多年的辛苦打拚，寶生終於靠自己的吃苦耐勞在深圳貸款買了一套小小的住房。住房雖小，但是和鄉下比簡直有天壤之別。他擰開自來水龍頭，清涼的水嘩嘩往外流，雙手捧了捧水洗洗臉，又到廁所解了個小手，太方便了。推開窗子，幢幢高樓大廈盡在眼底，同時還可眺望城市的遠景。

寶生很高興，覺得自己在城市裡算是扎下根來了。他要去告訴秋菊，叫她快到深圳來。

以前寶生越是搗亂，秋菊就越是不想和他見面。現在她改變了計劃，不住在岩洞裡，而是在兩棵黃槐樹的中部，用樹枝做了一個木屋，用草藤栓了架扶梯。有人來了，就把扶梯拖上去；人走了，再把扶梯放下來。因為樹很高大，坐在木屋裡能夠看到山下來人，真像過去民兵的哨所，防禦敵人的碉樓。

寶生下決心要把她強制弄回去，專門請來了幾名村幹部和秋菊的父母。再到岩洞時，人不見了，洞口的閻王刺也被火燒了。她走哪去了？抬頭望見黃槐樹上有個用樹枝搭起的小木屋，估計就在裡面，他們來到樹下時，扶梯早被抽上去了。從下面看上面看不清楚，而從上面看下面卻看得清清楚楚。老支書和村主任一句話也沒說只是嘆息，而寶生說該找個木匠帶把鋸子就好了，大家圍著大樹轉了一圈，無可奈何地下山去了。

第二天，秋菊正在教孩子數數，用樹枝在地上學識字。突然遠處來了一個人，她立即攀到樹上小木屋。仔細看時，原來是個穿綠色制服的郵遞員上山來了。

「喂，你叫秋菊嗎？」郵遞員望著木屋又好氣又好笑，為了一封掛號信他從寶生家問到秋菊娘家，好不容易才找到這兒。

「是，有信就放在地上你走吧。」

「不，是一筆匯款，你必須簽字。」

「是誰給我寄的款？你是不是搞錯了？」

「沒有錯，你下來吧，是一位曾經理寄來的。」

「不，我不要。」

「來簽個字吧！附言裡說的是希望工程款，救助貧困兒童上學的，每年我都收到這樣的匯款單。」

「那好吧。」

秋菊簽了字又上樓去了，那位穿綠色制服的郵遞員不時地回頭望著那小木屋。

從此以後，郵遞員經常給她送掛號信來，曾經理究竟是誰呢？她一直不知道。

秋天又到了，秋菊又開始打窩子栽橘樹。她覺得郵遞員是個好人，最可靠，所以就托他幫忙買些橘苗。那一個秋天和冬天，究竟打了多少窩子，栽了多少橘苗她也沒細細數過，確實也沒有時間去數，因為那年雨水好，不需要灌水，滿山遍野都能看見橘苗。

日復一日，年復一年，轉眼間滿山遍野的橘樹都開始掛果了，兒子已經滿山跑了，到了該上學的年紀。寶生從深圳打工回來了，想叫秋菊和兒子一塊兒到深圳去。她還是不和他見面。兒子負責站崗放哨，發現山下來人就告訴媽媽，秋菊就立即躲起來，或者爬上樹去。

寶生站在大樹下威脅說：「你如果再不回家，我就找木匠把樹砍了，要不就把你栽的橘樹全部毀掉，看你在野雞嶺喝西北風。」

他找來舅舅商量，提出兩個意見：一是把那兩棵大樹砍掉，二是把她山上的橘樹全部拔掉。

舅舅說：「年輕人不要火氣太旺，犯法的事不能做，最好的辦法是將野雞嶺的使用權承包出去。看她能在山上待多久。」

大家都很清楚，過去野雞嶺一直包不下去，也主要是寶生在下面鬧事。老支書是個明白人，這一次寶生提出承包野雞嶺很可能會成功，野雞嶺一定能包出去。但是至於落在誰的手裡，現在說不清。

承包野雞嶺使用權的消息傳出去以後，目前有好幾家報名，除了寶生和老支書的兒子，還有其他鄉的，據說也有秋菊的表哥曾廣，反正誰出的錢多誰包，這樣老百姓才沒意見。

大家都在猜測，從目前報名的幾家來看，寶生把握最大。據說他在深圳打工時小有積蓄，還有他的舅舅在鄉政府掌權，有人替他說話。

現在曾廣回來了，又成為寶生的對手。曾廣一直在城裡做房地產，早已成了房地產集團老總，管著好幾個房地產分公司，經濟實力比寶生強好多倍。寶生找曾廣談，可是曾廣不讓步。他想把招標廣告廢了，但是老百姓堅決不同意，就連他舅舅也說是一件嚴肅的事情，必須搞下去。

承包經營權的會議上，野雞嶺從五十萬增加到一百萬，一百二十萬，一百五十萬，最後曾廣出二百萬奪標。

大家都想不到，昔日荒蕪的野雞嶺價值二百萬。

就連寶生本人也一直沒有想到，他最初以為五十多萬就能中標，誰想到曾廣會出二百萬？寶生想，曾廣包了也好，秋菊再沒棲身之地了。

我不來低三下四求你，你就會乖乖地回到家來。可是一個月過去了，兩個月過去了，秋菊還是沒下山，難道曾廣真願意讓她待在那裡？那天他實在等不下去了，又來到野雞嶺，秋菊見他來了，又爬上樹上木屋。「快回家來，這山已經讓曾廣承包了。」「我知道，你回去吧。」

他還是不願離去，圍著大樹轉了一圈兒。

「你是誰？站在那兒幹什麼？」那邊走過來幾個守山的，他們是曾廣請來看山的。

寶生說：「她是我老婆，來叫她回家去！」

「我不管，誰也不許在野雞嶺搗亂，如果再不走，我們就要採取措施了。」

寶生只好往回走。

大家都以為曾廣會把秋菊趕走，就連寶生也以為她該下來了。可是曾廣對守山的人說，沒有他的允許誰也不准上山，任何人不准搗亂，秋菊喜歡幹啥就讓她幹啥。現在不僅沒趕她走，而且還把她保護起來了。

初冬的早晨，大地還罩著一層薄霧。秋菊盼來了豐收的喜悅。

滿山遍野的橘子掛滿枝頭，紅彤彤的，很可愛。真是一滴汗水，一個豐收的果實，她坐在木屋裡梳頭，望著那紅紅的橘子，在晨霧中微笑。

郵遞員送來一封掛號信，信中說寶生遇了車禍，頭部和大腿都受了重傷，現在昏迷不醒。晚上她一直沒睡好覺，她想到他們畢竟夫妻一場，還是去看一下好。一路上她的腦子裡亂糟糟的。想著要是自己不到野雞嶺，寶生就不會這樣，如果說寶生不是真的愛她，他也不會一次二次三次地到山上來接她，到山上來搗亂。他的最終目的還是和自己重歸於好。如果不是她拒絕，使他傷心，他也不會外出打工，坐上這趟長途客車，遭遇車禍。車上四十多個人，沒有幾個沒受傷的，據說當時就死了兩個，還有幾個沒有脫離危險期，其中就有寶生。

她想起他們初戀時，叫他幹啥就幹啥，每次到她家來都搶著下田幹活，割不來麥子，晒不得太陽，一個勁兒忍著，手被鐮刀把打起了血泡，叫他休息，他說不礙事，用揩汗水的毛巾包著幹。太陽大，又沒戴草帽，背上晒得火辣辣的痛，心裡只是忍著。叫他回去休息，他說不累，大家都在地裡幹活。娘說寶生勤快呢，比秋菊懂事。爹說年輕人就是要吃得苦，經得起三個六月九個冬才算是條漢子。

其實寶生剛從學校畢業啥活兒都不懂，有的活兒明明不懂，他卻裝著樣樣都能幹，處處表現自己啥事都會幹，讓秋菊父母滿意，讓秋菊高興。

寶生越在乎這件事，說明他越愛我。天下女人多的是，為什麼這麼多年他一直沒找另外一個？這樣想著，秋菊帶著兒子不禁加快了腳步。

醫院門口圍了許多人，寶生父母和鄉上的舅舅來了，老支書、村主任，車主還有保險公司也派人來了，大家忙忙碌碌。意想不到的是曾廣也來了。他最著急，最關心，進進出出，找熟人，找醫生幫忙，再三叮囑醫生，千方百計要把寶生治好，錢的問題不用考慮。

大家都把精力集中在寶生身上。許多人對秋菊的到來並不熱情，就連寶生的爹娘也不歡迎秋菊，都責怪是她惹的禍。要不是因為她，也許寶生就不

會外出打工，就不會趕這趟車，現在寶生是死是活還說不清。她沒有什麼可說的。

最終寶生醒過來了，脫離了危險期，但是大腦神經系統受了傷，即使身體其他部位治癒了，也不能從事體力勞動，只有長期臥床了。

結果出來以後，秋菊倚著牆壁，哭得死去活來。她的兒子憨憨地站在一邊，不知道該怎麼辦。

曾廣走過去抱起那個小孩，一隻手不由自主地摸在了他的背上。呀，肉痣，這肯定是自己的兒子！他一直感覺秋菊跑進野雞嶺生下的那個孩子和他有關系，因為秋菊結婚兩年多沒有懷孕，他那個晚上去偷食以後就懷孕了，生小孩的時間也和那個晚上的時間恰恰對應得起。

秋菊的悲傷並沒有引起寶生家人的同情，他們反而認為是她自作自受，或許說哭得太晚了，早知如此，何必當初。一切都是你造成的，現在哭有什麼用？

曾廣走過去，對秋菊說：「表妹，都是我不好。」

「你有什麼不好？都是我自己不好。連累了丈夫，連累了父母。」曾廣想說什麼，秋菊擺擺手：「不要說了。」

曾廣在巷道裡來回踱步。他頭髮朝後梳著，身著一套銀灰色的西裝，顯得更加英俊瀟灑。他覺得他有責任，便再次走到秋菊身邊說：「表妹，是我不好，是我害了你。」

秋菊睜大了眼睛，不知道他要說什麼。

曾廣繼續說：「那年夏天，我回村了一趟。晚上天熱睡不著，到了下半夜很想你，心想也許你一個人正在院子的涼板床上睡覺吧。我這樣想著就走到你們院子，果然……」

「不說了，不說了，表哥……」秋菊一下子就聽明白了，急忙伸手捂住曾廣的嘴巴，「一切都是命。」

「啥子是命呀，表妹，命運是自己闖出來的。」曾廣說，「過去我有些玩世不恭，但是我心裡非常愛你。我現在已經離婚，再說你生的小孩兒又是我的骨血，我正好娶你。」

「表哥，從內心說，我非常感謝你給了我一個兒子。」秋菊想了想說，「不過，寶生這樣一副樣子了，我怎麼能夠捨他而去。」

「把寶生弄進城去，我養他一輩子。」曾廣慷慨地說。

「做人要講良心，曾廣。我不想別人戳我脊樑骨！」秋菊很堅決地說。

「那你們今後的日子多難啊。」

秋菊說：「再難我也要走下去……」

天堡寨的媳婦

一

　　油菜開花的時節，有人傳話說小皮匠的老婆白玉琴成了女企業家，最近要親自回家鄉捐資一百萬修建一所希望學校。「誰呀？」「村裡小皮匠的老婆。」「她？一雙破鞋，要捐一百萬，只怕一百塊也捐不出來吧。」村裡沒有一個人相信這件事是真的。可是，傳話的人說得有板有眼，好像他已經看到過那一百萬元的影子了，傳話的人還告訴大家，小皮匠的老婆還給小皮匠帶了一封信呢。

　　在天堡寨，誰不知道白玉琴的歷史呢？大家都知道她是被逼出去的。但是現在聽說白玉琴發財了，成了富翁，別說村裡人不相信，就連白玉琴的丈夫小皮匠都不相信。當時小皮匠正在吃早飯，聽到這個消息後，不僅臉上沒有笑容，而且心臟也出了問題，如刀絞般一陣陣劇痛，汗水一顆顆從臉上落下來。一口飯「噗」的一聲吐出來，一半落在碗裡，一半落到了地上。幾隻雞忽地一下衝上來，片刻間將地上的飯啄了個精光。一條狗來得晚了一點，牠從旁邊竄出來，一嘴將一隻雞拱得老遠。

　　小皮匠曾經是天堡寨第一個考上中等專業學校，跳出農門的。因為那個年代考上中專很難，凡是考上中專的人，畢業後國家包分配，從農民成為國家幹部或正式工人。一張試卷決定人的命運，凡是考上了中專就改變了身份，跳出了「農門」，端上「鐵飯碗」，成為村裡人學習的榜樣。臨上學前，村裡人還專門給他餞行，教育自己的孩子要向小皮匠學習，要靠努力去端「鐵飯碗」。誰見了小皮匠都要打聲招呼。村裡的姑娘們個個眼饞，誰都想湊到小皮匠身邊，和小皮匠說幾句話，或者聽小皮匠說幾句話，有的甚至還偷偷給小皮匠洗衣服，約小皮匠去看電影。但是，最終讓小皮匠動心的，還是那個名叫小香的姑娘。

　　天堡寨位於縣城東北部，距鄉政府有十五公里，順著蜿蜒起伏的小路，翻山越嶺到天堡寨至少要兩個多小時，就是寒冬臘月也得出一身大汗才能登

山裡女人的夢想：農民作家周汝國中篇小說集

上天堡寨。駐村幹部以前下村，來回要走四個多小時，走得腳粑腿軟。如果當天去，早上八點出發，天黑才能回家，碰到問題，非住下來不可。現在的幹部，誰願到天堡寨？一年一換輪個兒去鍛鍊，很少有駐上三到五年的。

天堡寨居高臨下，四面環山，一條小河從西到東流入涪江。要到天堡寨必須經過這條小河，從山腳到寨上是一級級石梯，一直往上走，要經過一百零八步階梯才能進得寨門。

寨牆係石頭建造，壁高數丈，鋌而陡險，唯有一道寨門東進西出，如果把寨門關上，休想進寨。

據記載，天堡寨修建於清朝咸豐年間，那時，為了戰爭防禦和抵抗土匪強盜，由天堡寨附近村民捐款集資修建，整整修了三年時間，方才完工。

寨上約有一百多畝土地，現居住著兩百來戶人家，大多是從外地搬來的新遷戶。天堡寨的姑娘們一個比一個漂亮，媳婦們一個比一個能幹，一個比一個膽大。最先向小皮匠表白的，有兩個姑娘，一個是小香，一個是白玉琴，恰好她們又是親戚。兩人年齡相當，水靈靈的像兩朵盛開的花兒。小香乖巧玲瓏，火辣辣的性格，白玉琴卻溫柔文靜。這就給小皮匠帶來了麻煩，兩人各有優點和缺點，要說兩個都不錯。

那年暑假，白玉琴的娘設了一個圈套，上街買了一瓶好酒，殺雞殺鴨，做了一桌豐盛的飯菜，請小皮匠到家裡做客，祝賀他考上了中專。曾經他和白玉琴又是同學，吃個飯也很正常，誰知她娘能說會道，把小皮匠灌得酩酊大醉，然後把小皮匠扶到白玉琴床上，自己假裝外出辦事。當小皮匠懵懵懂懂醒過來的時候，發現白玉琴的娘在叫門，白玉琴也在床上，其實他們什麼也沒做，她娘卻大吵大鬧找小皮匠他爹，硬說小皮匠強姦了她的女兒。他爹是個老實人，既然到了這一步，還有啥話說，只有把這門親事認了。反過來還不斷地向她娘賠禮道歉，責怪兒子人年輕不懂事。白玉琴的娘卻又滿臉堆笑說，現在的年輕人和我們那個年代不同了，誰也管不了，就隨他們去吧。小皮匠的爹一句話也答不上來，白玉琴和小皮匠的親事就這樣定下來了。

「親家，現在的年輕人真是……」

小皮匠的爹帶著苦笑，心裡卻不舒服，等白玉琴的娘一走，隨手就給了小皮匠一個嘴巴：「老子花那麼多錢讓你跳出農門，你還選農村姑娘幹啥？」

小香聽說白玉琴和小皮匠訂婚以後，心懷不滿，與白玉琴成了一對冤家。

小皮匠畢業安排工作的時候，因為家裡窮，他想選擇一個掙錢多的單位。那時，全縣只有皮鞋廠不錯，薪水高，待遇好，最後他選中了皮鞋廠。在當時縣裡只有一家國營皮鞋廠，經濟效益、福利待遇是最好的。廠裡十分看重小皮匠這個人才，問他有啥要求，他想了半天說：「我想解決媳婦的工作問題⋯⋯」廠長猶豫了一下，說：「我去想辦法爭取個名額。」那時工人要按計劃分指標，工廠不是隨便可以進的。

廠長的寬容和理解讓小皮匠心生感激，大大激發了他的工作熱情，他常常不知疲倦地工作，主動加班，一直到深夜。

小皮匠有先天風濕性心臟病，後來又患了氣管炎。每到冬季，病就發作，有時候咳嗽得連腰都直不起來。但是為了感謝廠長對白玉琴的幫助，他像一頭忠實的牛，忍著病痛往前走。

白玉琴呢，為了早日轉正，幹活兒更是賣力，連打掃廁所也爭著做，凡是廠裡沒人幹的髒活兒累活兒都叫她去，她也毫無怨言。

一天，廠長把白玉琴叫到辦公室，為她泡了一杯茶，嘴裡問著：「玉琴，累不累？」白玉琴說：「不累。」廠長的眼睛卻在白玉琴的身上掃來掃去。

看見廠長那刀子似的目光，白玉琴心裡七上八下，但是她又不能走開，也不能在臉上露出厭惡的神情。

「有啥辦法呢？」白玉琴理理額上的頭髮。

廠長將一隻手搭在白玉琴的肩上，歪著身子把臉湊到白玉琴的面前：「你想換個環境嗎？」

白玉琴立即嗅到了廠長嘴裡噴出的一股臭味兒，她不禁皺了皺眉頭：「想，咋不想，可是⋯⋯」

廠長說：「別著急，有些事情是要慢慢來的。」說著，順手把門關上，然後回過身來，繼續把手放到白玉琴的肩上。剛想往下說，突然有人敲門找廠長。白玉琴趁機逃了出去。

回到家裡，白玉琴對小皮匠說不想再幹了。小皮匠問原因，白玉琴說：「我怕。」小皮匠說：「你怕什麼呢？」白玉琴說：「我怕廠長的眼睛，像刀子，怕廠長的嘴巴，很臭，要吃人。」小皮匠笑了笑說：「沒有那麼嚴重吧。」白玉琴說：「反正我不幹了。」小皮匠不滿地說：「比農村強呢！我一個人的薪水怎能養活一家人？」

白玉琴就再也不說話了。

一天廠長從外地考察回來，又把白玉琴叫去。從抽屜裡拿出一張表說：「這裡有一張轉正表，你拿去填吧。」白玉琴欣喜若狂，伸手去拿時，廠長卻緊緊拉著白玉琴的手不放。

白玉琴愣住了。

廠長說：「你好好考慮一下，我絕對不強迫你。」

白玉琴看見廠長那張已經扭曲得變了形的臉，不禁一陣惡心。可是，轉為正式職工，是她和小皮匠夢寐以求的事情，現在機會就在眼前，只要自己答應廠長，以後的日子一定過得像蜜一樣甜。

話又說回來，不就是睡一次嘛，又不是睡一輩子。白玉琴心裡顫慄起來，轉念又一想，萬萬不能的，要是讓人知道了，不但自己的臉沒有地方擱，小皮匠的臉也沒有地方擱，一家人還能在熟人面前抬起頭來走路嗎？

白玉琴果斷地吐了一個字：「不！」

廠長從桌子後面繞過來抱住白玉琴：「你再考慮考慮。」

白玉琴掙扎著，一頭長髮就散亂了。門半掩著，恰好小皮匠從門前經過看見了，他闖了進去，狠狠地給了白玉琴兩記耳光，打得白玉琴放聲大哭。

第二天，小皮匠找到廠長，要求回鄉下。廠長瞇縫著雙眼輕蔑地說：「你可要考慮仔細，到農村掙那丁點錢，能養活你一家幾口嗎？」小皮匠咬牙切齒地說：「不用你管！」

從那以後，小皮匠就回到了鄉下。白玉琴見小皮匠生了那麼大的氣，不敢再待在城裡，也跟小皮匠回到了天堡寨。

二

從此，小皮匠變得沉默寡言，再也不願多說一句話。最叫他抬不起頭的是，因見了廠長和白玉琴摟抱的一幕，他心中留下了陰影，夜裡想找白玉琴尋歡，竟心有餘而力不足。他白天默默地做事，到了晚上就不停地咳嗽，一直到半夜，像一條狗似的蜷縮在被子裡，渾身不停地發抖。

小皮匠回家的原因雖然沒有公開，但是村裡的人私下里都在傳，說白玉琴在和廠長勾勾搭搭，讓小皮匠撞到了，小皮匠還狠狠地把白玉琴揍了一頓。

在村裡，農民種地相對來說比較自由一些，但是擔糞、犁田、又苦又累的莊稼活兒永遠幹不完。到了農忙季節，小皮匠家裡就忙不過來了，只得請人幫忙。

請誰呢？村子裡有個單身漢叫二黑，因他排行老二，皮膚有點兒黑，大家都叫他二黑。只要有酒喝，讓他幹活他從不偷懶，也不講工錢，給多給少從不計較，自己的地荒著也不誤別人的莊稼，一年四季大多時間在別人家吃飯，村子裡只要差勞力就去找二黑。小皮匠家缺勞力，二黑就成了常客。

就這樣，二黑成了小皮匠家的「長工」。

二黑自小和小皮匠一起長大，關係很好，小皮匠一叫，二黑準會及時過來，幫著小皮匠收割莊稼。他不圖什麼，只求一日三餐有二兩小酒。

白玉琴是讀過書的人，知道禮節，經常招呼二黑在地裡幹這幹那。有時候看見二黑臉上掛著汗水，也於心不忍，就甜甜地說：「二黑，歇一下吧，今天幹不完，還有明天呢。」二黑就憨憨地笑，也不說話，埋頭繼續幹活兒。白玉琴就倒一杯開水遞過去，二黑也不客氣，接過來「咕嘟咕嘟」一口氣喝

完，然後把杯子還給白玉琴，白玉琴接過來，再遞上一條毛巾，叫二黑擦擦汗，從沒把他當外人看待。

小皮匠身體不好，不能幹重活，只在家裡煮飯、餵豬、幹家務。白玉琴就帶著二黑在地裡忙碌。今天做什麼，什麼時候出門，幹到什麼時候回家，這些都由白玉琴安排。白玉琴也暗暗打量二黑，看看他是不是偷懶耍巧。時間一長，白玉琴反倒關心起二黑來，還給二黑洗衣服、補褲子。開始時倒白開水給二黑喝，後來換了茶葉水，再後來，二黑餓了，白玉琴就給二黑煮雞蛋，把二黑養得白白胖胖的。二黑幹活從來不主動向人提工錢，但白玉琴還是背著小皮匠給二黑一點錢，讓他買酒喝。二黑雖然愛酒但醉了也不借酒發瘋亂說話，醉了就睡覺。他有時也胡思亂想。醉了，就想起白玉琴，想起白玉琴對自己的好。一個人心裡藏著幸福，就想要把自己的幸福拿出來給別人分享，尤其是男人，一旦知道有女人喜歡自己，就生怕別人不知道。所以每次二黑酒喝得差不多的時候，就會從懷裡掏出一沓鈔票，用打著結的舌頭說：「看看……看看這是啥？錢，錢呀，嫂子給的錢……」

到後來，差不多全村的人都知道白玉琴給二黑錢的事情了。白玉琴自己也聽到了，嚇了一跳，就常常對二黑說：「不就是一點工錢嘛，你生怕人家不知道似的。」二黑嬉皮笑臉地說：「是啊，我就是要讓人曉得，你稀罕我。」白玉琴一連幾個呸呸呸，說：「誰稀罕你了，像個癩皮狗似的，黏在哪裡都讓人討厭。」有一天，二黑剛剛洗完澡，換了一身乾淨的衣服，走出來，身材魁梧，還有點帥氣，白玉琴看了，心裡不禁怦怦直跳。

兩條野狗正交配，二黑看得直入神。

白玉琴羞紅了臉：「哪來的死狗！滾！」一腳踢出去，想不到卻踢了個空，整個人偏偏向二黑倒了過來。

二黑沒有躲開，一下子抱住了白玉琴。

好久沒有被一個男人如此有力地擁抱了，白玉琴沒有掙開只是說：「放開我。」就攤在二黑懷裡。

二黑說：「我放開，你就掉到地上去了，我怕摔痛了你。」

白玉琴說：「討厭！」

但凡一個女人對一個男人說討厭，那一定是假話，其實女人的意思就是喜歡，至少是不討厭。

所以二黑哪裡肯放開，就那麼抱著，一直讓白玉琴身上的香氣把自己熏得迷迷糊糊。

小皮匠的爹對二黑不是很放心，生怕二黑做出什麼有失體統的事情來。其實，小皮匠的爹對白玉琴也不是很放心。每天，白玉琴和二黑到地裡幹活兒，臨出門的時候，他總是拿一雙奇怪的眼睛看著他們。到了回家的時候，小皮匠的爹又對著二人上上下下打量一番，目光更加嚴峻，好像在認真觀察白玉琴和二黑這一對孤男寡女，每天出門除了種地，是不是還幹了一點別的什麼。有時候，他甚至中途偷偷溜到地裡，看看兩個人是不是在幹活兒。

這天，叫小皮匠的爹擔心的事情終於發生了。他偷偷跟蹤兩個人，看到了他不想看到的一幕。

二黑被白玉琴身上的香氣熏得迷迷糊糊的，抱著一團軟軟的身體正不知如何是好的時候，小皮匠的爹的怒罵聲就像炸雷在山坡上劈開了。嚇得他連忙鬆開手。白玉琴沒有提防小皮匠的爹會跟來，也沒有想到他會怒罵。她站在一邊，又是羞愧，又是憤怒，又是委屈，淚水頓時在眼眶裡直打轉。

「婊子！婊子！」小皮匠的爹破口大罵，「要不是你和廠長勾勾搭搭，你男人能輕易回農村？現在到了農村，你還勾三搭四，你就是一個掃把星！一雙破鞋！」

按小皮匠爹的說法，白玉琴勾引了城裡人，現在又回來勾引農村人了。這個小狐狸精，小騷貨，早晚沒有好下場！

事情不到一碗茶的工夫就傳遍了天堡寨。

滿寨的人議論紛紛，都不給白玉琴好臉色看。就連小皮匠也不信任她，進屋就罵她，開口婊子，閉口狐狸精。

白玉琴也不辯解，暗暗垂淚。

她想到了死，但死又能說明什麼問題呢？到了晚上，小皮匠照例又爬到白玉琴身上，可是他什麼也做不了。他恨自己，不住地用手扇自己的臉：「我沒用，我沒用，我沒用……」看見白玉琴呆呆地望著屋頂，小皮匠更加生氣，「你也沒用，你也沒用，你也沒用……」小皮匠用手揪著白玉琴的身體，把白玉琴揪得青一塊紫一塊的。

二黑在小皮匠家裡待不下去了，灰溜溜地回到了自己的家裡，成天抱著酒瓶子醉得分不清東南西北。

三

其實，二黑是一個很出色的男人。

他是寨上唯一的石匠，寨裡修房造屋，都少不了二黑，不是請他開山劈石，就是請他挖土奠基。一年到頭，要是二黑喜歡，都有他幹的活兒，時刻也不會閒著。那個三十多斤重的大錘讓他高高舉起，一連幾天他都不會叫累。每次把大錘舉過頭頂的時候，二黑都會「哦呵呵……」吼一聲，吼得地動山搖，吼得豪情萬丈。然後，二黑會一邊打大錘一邊唱：「哦呵呵……我看你這塊石頭，哪有我錘子硬哦，哦呵呵……」要是看見對面來了一個女人，二黑會把女人也拉進來唱：「哦呵呵……對面的媳婦喲，你看過來，哥哥手裡的大錘喲，兩頭尖，一錘子下去石頭開，妹莫走來妹細看，等哥哥一造成小河邊。」

二黑的打石歌真的唱得好，有時候會唱得妹子停下腳來，仔仔細細地聽，然後就痴痴地笑。

二黑這樣唱歌的時候，就忘記了什麼是累了。

天堡寨什麼都好，就是有一點，飲水困難。天保寨的人吃水要到山下去挑，山高路陡，走空路就要出一身大汗，以前大多是男人挑水，每到農忙季節就要女人挑水，大家累得筋疲力盡，提起水就愁。這個問題困擾了幾代人，一直都沒有辦法解決。鄉裡也一直在給天堡寨爭取資金，爭取扶貧項目，解決人畜飲水困難的問題。後來問題總算解決了，就是國家補助一筆資金，同時也要求寨裡出一部分勞動力建水塘。但是，天堡寨的男人們這些年差不多

都跑到外面去了，找誰來牽頭呢？修水塘必須熟悉石頭活又要懂得技術，懂管理，敢於動真格。大家想來想去，最後想到了二黑。

但是二黑寧願整天醉在酒裡，也不願意牽頭來修這個水塘。

小皮匠的爹是天堡寨的長輩，說話有份量，他把二黑叫到一邊說：「二黑，那事不怪你，都怪白玉琴那個狐狸精，修水塘的事你就莫推了……」

二黑瞪著醉眼問：「誰？你說誰是狐狸精？」

小皮匠的爹說：「白玉琴啊。」

二黑輕蔑地看了一眼這個老頭兒說：「你就將就吧，要不是人家，你這個家早就散了，你還這樣作賤人家。」

小皮匠的爹連連點頭，說：「那事，我也有不對，你看，修水塘的事就這樣定了？」

「水塘修不修關我屁事！」二黑扭頭就走。

上頭催得緊，下面遲遲沒有落實，如果再不動工，扶貧資金就要給別的村了，大家一合計想出了一個辦法。只有白玉琴能征服二黑，可是找誰去對白玉琴說呢？一幫人一合計，還是去找村長娘子二村長吧。

為何叫二村長？據說她做村長的丈夫是個直腸子，說話做事從不會拐彎抹角。女人怕他鬧出什麼事情得罪了上面不好交代，所以什麼事情都是女人在做主。

比如說，小皮匠的爹任社長那年，小皮匠的娘和村長攪上了，小皮匠的爹提刀要去砍村長，卻被村長女人攔住了。她說：「我都還沒有罵娘，你倒是開始提刀了。你家老的老，小的小，我家男人也幫了不少忙的，人總應有點良心，再說這也是兩相情願的事，你一年四季在外面跑，自己的女人要什麼，你清楚嗎？如果鬧出去，孩子的臉往哪兒擱？到此為止吧。」當時小皮匠的爹從鼻子裡哼了一聲就走了，從此以後，人家都叫她二村長了。

二村長請客，要解決修水塘牽頭人的事情，請了二黑，還請了白玉琴。白玉琴在二黑對面入座後，二村長把男人支開，一個勁兒給他們夾菜倒酒，

眼看差不多了，她說：「二黑，今晚沒有外人，我來說句實在話，現在的男人哪裡見得女人，何況玉琴那麼漂亮，天下沒有不吃猩的貓兒，你心裡咋想的，我心裡明白。就說那天的事情吧，光天化日之下你們摟摟抱抱，有失大雅，心急吃不了熱豆腐，你就不會找個隱秘的地方？」

二黑一仰頭喝了一杯酒說：「我沒有抱她。」

白玉琴聽了這句話，臉色一下就變了，說：「二黑，你就那麼怕說抱了我嗎？」

二黑說：「我沒有抱，我只是怕你摔著了，才伸手接住你的。」

一句話，說得兩個女人都笑起來。

「玉琴啊，我也知道你的苦衷。」二村長語重心長，「當年你不就圖嫁給小皮匠有個鐵飯碗嘛，如今活受罪，你的心情我知道，作為一個年輕漂亮的女人，你的事，我懂……」

這件事情經過二村長一鼓搗，居然讓二黑服服帖帖答應了。但是很多人都能看出來，二黑不是給二村長面子，而是給白玉琴面子。

二黑只有一個要求，寨子裡的人要對白玉琴好一點。

二村長拍拍胸脯，直拍得她那一對大奶子在胸前兔子似的跳來跳去：「這事你放心，包在我身上。」

就這樣，寨子裡選二黑當管理員，修水塘，收集資款。集資款按現在人口計算，每人四十五元，交了錢才安水管到屋。誰不交水費，就鉗誰的管子，停止供水。大家說單身漢管水，敢動真格。

二黑只要答應的事，他就敢動真格。小香家裡窮，丈夫是個泥水匠，一年四季不回家，每次去收款，小香都說沒有錢。

一天，二黑又到她家去收款，小香笑嘻嘻地做眉眼說：「二黑兄弟今天來得巧，孩子全部到外婆家去了……」

「這和我沒有關係呀，我是來收錢的。」二黑說。

「急啥呢？乘乘涼再說吧！」小香解開扣子，露出白白的胸膛。

二黑落荒而逃。

第二天再去，人家依然如此。二黑火了：「不交錢我就把水斷了。」小香到山下去挑水，邊走邊罵二黑不是人，還提著衣服去找二村長，一把鼻涕一把淚地訴苦：「你可要幫我主持公道，你看，二黑趁我男人不在家，就來解我的衣服……」

二村長笑笑：「你先別急，我先問你，他拿刀沒有？」

小媳婦搖搖頭。

「他幹那事沒有？」

「沒有。」

「說話要有證據，案子不能成立，如果是別人還告你汙衊，弄你個臭名遠揚，看你咋辦？」

小香雖然不滿，但又無可奈何，只好懷恨在心，眼裡充滿憤懣。

四

秋收時節，家家戶戶忙著收割稻子，誰也不好請人，小皮匠對白玉琴說：「天要下雨了，再不收割，稻子就會遭秧，全家人喝西北風不成？你去叫二黑幫咱收兩天吧。」

「不去！」

「去吧！唉……」

夕陽西下，一縷金色的夕陽照在田間，金燦燦的稻子盛滿了籮筐。白玉琴高高挽起褲腳，肩挑著沉甸甸的稻子，一步一步往上走。二黑跟在後面，不經意間看見了白玉琴腿上的肌肉青一塊紫一塊的。他追上去，問：「你的腿，怎麼了？」白玉琴說：「沒什麼。」可是，二黑看見她的眼眶裡頃刻間就堆滿了淚水。他悄悄地問：「他揪的嗎？」白玉琴說：「不關你的事。」二黑不再說什麼：「讓我來吧！」

她遲疑了一下，停止了前進，他輕輕地將稻子接過肩去，飛也似的挑回了家。

勞累了一天的人們早已進入甜甜的夢鄉，唯有小皮匠家的風車還在轉動，白玉琴搖著風車，二黑往堂屋裡挑。小皮匠想來幫忙，可是沒幹到三分鐘，人就累得直不起腰來。沒辦法，早早地就去睡了。

一輪月兒高高地掛在天空，星星眨著眼睛，大地靜悄悄的。白玉琴洗了澡，換衣服時才想起二黑，急急忙忙找了一套小皮匠的衣褲並提了一桶熱水：「二黑，洗澡吧！」

二黑傻乎乎地站在竹林陰暗處，眼睛望著白玉琴。白玉琴猛然想起自己只穿了一件單薄的背心和一條短褲，側身回屋去，還沒有邁進門，就被二黑緊緊抱住了：「玉琴，玉琴，我……」

「別……」白玉琴嘴裡說著。

「不……我非要不可……」

白玉琴很果斷地把二黑推開了。

白玉琴說：「這是我家！」

這一幕還是被小皮匠看見了。小皮匠前前後後，把從結婚到現在所有的怨恨計在一起，像早已不能承受膨脹的氣球，狠狠地給了白玉琴兩耳光。

這是小皮匠第二次打白玉琴耳光。這麼多年來白玉琴一直忍受著痛苦，受盡折磨，長年累月照顧眼前這個男人，給他請醫生、拿藥，沒有好好過上一天幸福的日子，這一切都是為了維護這個家。但是現在，白玉琴對自己的付出產生了懷疑：我這是為了什麼？我這樣做，值嗎？「你給我滾，越遠越好，我永遠不想見到你！」小皮匠的聲音聽起來是那麼的陰森可怕。

天空變黑了，「啪」的一聲悶雷，閃電劃過天空，大顆大顆的雨點打在窗外的芭蕉上，發出「啪啪」的聲音。

她感到頭腦「嗡嗡」響，彷彿這麼多年的夫妻生活一點感情也沒有。一刻也沒有停留，她打開衣櫃挑了幾件舊衣服裝進一個塑膠袋裡，朝黑暗的雨中走去。

朝哪兒走？不知道。她心中沒有底。她漫無目的地走了不知多久，蓬亂的頭髮在晨風中飄動，不知啥時裙子也被刮了一條口子。這時風停雨住，白玉琴才發現已到了縣城，自己已有兩頓沒吃飯了。她準備到一家早餐店吃碗稀飯，買個饅頭，才想起忘了帶錢，正要離開早餐店時，突然她發現門上貼著一張招聘啟事：招聘一名洗碗工。「老闆，還要洗碗工嗎？」白玉琴問。老闆是個胖嫂，正忙，順口就答應了。既然有了活幹，也就不愁飯吃，也算找到了住處。人在困難的時候，最大的慾望就是希望有一個安身之處，本來白玉琴是學做皮鞋的，真沒想到會當一名洗碗工。洗碗這活兒雖然辛苦，但是不需技術，只要人勤快就很受老闆歡迎。胖嫂是個耿直人，看見白玉琴是個踏實的人，就像親姊妹一樣對待她。晚上下了班，胖嫂向白玉琴傾訴了她的苦衷。胖嫂的丈夫也是一個老病號，她那個時候年輕不懂事，是看中他這個小麵館而來的。現在每月掙幾個錢剛夠丈夫吃藥，想離婚吧，孩子又小。後來胖嫂聽說白玉琴是做皮鞋的，她立即給娘家哥哥介紹，胖嫂有個哥哥開了個皮鞋店，正需要畫樣搞設計的。胖嫂哥哥出口給她每月一千二百元，問白玉琴願不願意。在當時，每月一千二百元不是個小數字，在家裡可能一年也見不到這麼多錢。

胖嫂的哥叫張胖娃，和胖嫂差不多一個長相，是個直爽人，從不轉彎兒，他開的皮鞋店生意不算好，但也沒停過業，一年下來，脹不死也餓不著，手頭也沒多少存款。

一個人不能只看眼前，要看長遠。白玉琴給張胖娃建議，趁年輕要多掙點錢，現在生活剛剛好轉，皮鞋市場看好，農村人也想穿皮鞋，要根據市場，擴大生產。張胖娃說：「擴大生產要租廠房，買機器，那些存款很快就要花完。」白玉琴說：「存款是死錢。錢這東西是要流動的，今天是你的，明天是我的，如果錢不流動，就是一潭死水，過去有句俗話：錢找錢，用不完。」

張胖娃還是心有顧慮，乾脆就把皮鞋店承包給白玉琴，每年把承包款收夠了，剩餘的就是白玉琴的。

張胖娃圖的是穩當，白玉琴卻賺了錢，胖嫂說哥哥有點傻，自家的錢讓個外人來賺，張胖娃動了心思，就叫白玉琴自立門戶。白玉琴就在皮鞋城租了一層樓，有人擔心風險太大，工人薪水高，請不起。她就承諾，按件計酬，可以帶回家裡加工，按樣品訂單，收貨付款，另外還承接皮鞋後期維修業務。每雙皮鞋賺一元、兩元也是賺。房子不夠用，她發動附近居民在家裡幹，最多的時候發展到了五百多個加工戶，每天她收進拿出都搞不贏。有人給白玉琴算了一筆帳，如果每個人一天給她創造十元的利潤，平均一天是五千元，如果按百元計算是五萬元，一年下來近兩百萬，利越薄，人氣越旺，生意越好，銀行存款越多。運氣來了，就像洪水，誰也擋不住，近十年的工夫，白玉琴就成了皮鞋行業的大老闆。

五

一個曾經在家鄉名聲不好的女人，受了一肚子冤氣，從白手起家到擁有鞋業公司，真了不起，可以說是逼出來的，在艱難困苦中成功的。

這十年來她成功的背後也並非一帆風順，正是艱難困苦的人生經歷，給她日後勤奮好學打下了堅實的基礎。

她是被逼著走向成功的，創業中她體會到貧窮的根源是愚昧無知，改善教學條件、培養人才是改變家鄉落後面貌的基本保證，因此她做出捐資建學的決定，希望在天堡寨修建一所希望小學。

小皮匠萬萬沒有想到，回家鄉捐款修建學校的女老闆，就是十年前負氣出走的自己的女人。

有位老領導激動不已，他在這兒工作幾十年，哪家房子朝東朝西，哪家姓張姓王他都瞭如指掌。說起白玉琴這些年在外發了財，成了東方鞋業總公司的老總，他真有點不相信。

小皮匠婆娘的舉動史無前例，引起社會各界的關注，廣播電視台、報社紛紛搶播頭條新聞，一時間，白玉琴的名字家喻戶曉。

　　白玉琴成了天堡寨的首富，全縣扶貧救助獻愛心的典型。

　　小皮匠的爹聽說白玉琴要捐一百萬修建學校，氣得雙腳跳起老高：「那些錢，是我們家的錢呢！咋隨便亂花？那個婊子，她有什麼資格把我們家的錢拿去修學校？」

　　小香和小皮匠是遠房親戚，她三天兩頭往小皮匠家裡跑：「小皮匠，白玉琴這回恐怕是回來離婚的，錢你可不能少要……」

　　天堡寨的村支書、村長也召集大家開會，商量對策。白玉琴是咱村裡人，戶口還在村裡，這錢鄉裡看了一定眼紅，不能讓鄉裡拿去。咱們村修公路，架電桿，安程控電話、光纖電視為啥不可以？白玉琴很堅決：「只能修學校，不然，別說一百萬，就是一分，也不給！」

　　人們再一次看到了白玉琴。

　　不過，白玉琴已經不是從前的白玉琴了。

　　她從轎車上下來，細嫩的皮膚，不胖不瘦的身材，粉紅色的紗裙，腳上穿的是一雙紅色的高跟皮鞋，顯得更加楚楚動人。

　　白玉琴說：「我能有今天，我最應該感謝的，還是小皮匠，要不是他，我就沒有機會出去打工，要不是他，我也許無法給咱們天堡寨一百萬的承諾。」

　　小皮匠還是從前那個小皮匠。

　　他從看到白玉琴的那一刻起，就意識到自己失去的東西太多太多了。

陳二嫂進城

在渝西有個偏僻的小山村，說偏僻也偏僻，說不偏僻也不偏僻。因為在未修鄉村公路之前，鎮幹部下村走路要兩個小時，招摩托車載來去要六十元，可想路程也不算近吧。那裡的農民過去除了秤鹽打油上一次街一般很少進城。特別是農家婦女，有的從娘家嫁到這裡就很少出過遠門，從姑娘到老去，也未走出小山村。日出而作，日落而歸，對外面的世界一概不知。誰也想不到，現在這個村子裡的人走得差不多了，陳二嫂哪裡還守得住寂寞。

去年秋收以後，陳二嫂非要和丈夫陳二哥去城裡打工。陳二哥說：「你又沒文化，去城裡幹啥？」「你都能找事幹，我為啥不能？」「我怕你走錯路，找不到家。」

這話倒是真的。陳二嫂自從來到婆家，就很少出遠門。那年正月初一上街看熱鬧，差點走丟了，自那以後她就很少趕場，除非有人領路。因此她怕連累別人，就一天到晚守著自己的家。眼看村子裡人都走得差不多了，她這才想到也去人多的地方看看。

每次陳二哥回家，陳二嫂都要求和他一起進城打工。陳二哥說：「家有啥不好？倉裡有糧，手頭有錢，吃穿無憂，幹多幹少無人管，自由自在。」陳二嫂不會花言巧語，也不會和丈夫論理，雖然吃穿不愁，到了晚上一個人在家真覺得不好玩。

記得剛剛過了正月十五，娘家大哥進城路過此地，陳二嫂說一個人在家不好耍，想進城找活幹，娘家大哥說：「你找啥活幹？又不是沒有錢花，要不回娘家看看媽去，近來媽的病多，正需要照顧。」咋說陳二嫂也不去娘家。她說等她有錢了在城裡買了房子，就把媽接到城裡去享福。

娘家大哥想了想，要去就去吧，出去看一看，見見世面也好。見陳二嫂和大舅子一起進了城，陳二哥也不好發火，只叫她在家做飯，無事在社區裡轉一轉。

山裡女人的夢想：農民作家周汝國中篇小說集

　　陳二嫂不善言談，也不與人搭話，一個人在社區裡轉來轉去。保安覺得好奇，這社區突然來了個中年婦女，天天在社區裡轉來轉去，要不是陳二哥給他打了招呼，保安還真不知她從哪兒來，住哪棟樓，租的哪間屋。

　　有一天早晨，大門口貼了一張廣告，幾個女的在那兒看，聽說是招環衛工。啥叫環衛工？陳二嫂從來沒聽過這個新名詞，人家告訴她是掃大街的、清理廁所的。管它啥子工，聽起來挺時尚的，陳二嫂就問保安：「我可不可以去？」保安笑笑說：「你丈夫打了招呼的，你不能去。」「為啥呢？你看我幹不來？」保安說：「你幹不下來，那活兒很辛苦。」「有啥辛苦的，咱在家擔糞上山都不怕，掃地算個啥。」「要去，你就去試一下。」保安把電話接通，環衛所叫陳二嫂去應聘。「我不認得路，你帶我去行不行？」

　　保安是個大好人，於是就請人代班，自己帶陳二嫂來到環衛所。管招聘的是位老人，一看陳二嫂是個老實人，打心眼裡高興，叫她第二天就去上班。當天陳二嫂就要求把名字登上，掃哪段路也指給她。環衛所的老人說：「你別急，我們還要培訓。」陳二嫂說：「掃大街要啥培訓，我天天在家就是幹這些活兒的。」那老人叫她把電話號碼寫上，這時有個環衛工來請假，陳二嫂說：「我就頂她那個角吧。」「你知道她那活兒是啥嗎？抱水槍的。」「水槍又咋個，總沒有一百多斤的大糞擔子重吧？」「那倒是。水槍就是專門配合灑水車沖洗街頭的，天不亮就要上班，你能行嗎？」「行！」

　　陳二嫂自告奮勇接替抱水槍的活兒，請假的那位職工緊緊地拉著她的手感激不盡，告訴陳二嫂自己也姓陳，叫陳么妹，雙方各自還留了手機電話，彷彿一下子找到知音，以後也就有了往來。

　　且說陳二哥下班回來後不見陳二嫂，手機也落在床頭上，問保安才知道去環衛所了。陳二哥來到環衛所，這裡早就下班了，他從東頭找到西頭，都不見陳二嫂。

　　陳二哥是個拉板車的，附近熟人多，但是誰都說沒有見過陳二嫂。陳二哥有些後悔，心想該早點把她送回老家去，怪他大舅子不該帶她進城來。怪又有啥用，現在是想辦法找到陳二嫂，他從東街找到西街，從南巷找到西巷，

始終不見陳二嫂的影子。那些找他拉貨的老顧客生氣了，好幾單拉貨生意都滑脫了。

原來，陳二嫂不熟悉路徑，回家時漫無目的地往前走，就耽誤了。真想不到，陳二哥回來時，她也回來了，弄得丈夫氣也不是，罵也不是。陳二嫂進屋就高興地說：「我也找著活兒了，明天早上五點就上班。」「好好好，你去試試吧，沒吃過黃連不曉得啥味。」陳二哥想你幹不了幾天就會心甘情願回家的。

那天晚上，陳二嫂醒了好幾次，一會兒看手機，隔會兒又問時間，怕自己遲到了。陳二哥說：「你那個活兒沒有人來搶的，我猜你半天都幹不滿。」陳二嫂害怕耽誤時間，叫陳二哥送一送。陳二哥說：「今天我送你，以後就自己去。」

灑水車司機看她挺老實，接下來的幾天就在家門口接她。陳二嫂說：「現在城裡人好享福喲，上班還有人接送。」思想越單純，工作越有勁。開始誰都以為她幹不下來，真沒想到誰也抵不過她的力氣，一般的兩人一輪班，她卻一個人不下線。人家問她累不累，陳二嫂說：「咱是莊稼人，這點累算啥？」

快過年了，人家都紛紛請假，登記排班。陳么妹叫陳二嫂趕快去登記，好一路回家。陳二嫂卻不積極，她想咱和老公在一起，回去與不回去都差不多，回去也是給娘拿點錢，不回去還可以掙得更多些，去來那點車費買塊肉幾天還吃不完。農村人的想法就是不一樣。單位上的領導就希望找這樣的人，因為她只知道幹活，一門心思工作，與別人交流就少，少接觸，少些閒話，倒還受大家歡迎。

有一回，陳二嫂娘病重住院，她叫丈夫回去一趟，自己走不了，因為「槍手」不好找人。陳二哥勸她回去一次，春節沒回去，她娘就不高興，這回是死是活還不知道，陳二嫂去向領導請假，下了班回老家去看娘。領導說：「這不叫請假，你已經完成了任務，明天早上能上班吧？」「能。」

陳二嫂回到娘家，娘在床上躺著，進屋就遭到娘一頓罵：「你回來幹啥？我還沒有死！」娘家大哥說：「娘重要還是活兒重要？錢掙得完喲？」這個

說她不孝道,那個說她有錢不認娘了。陳二嫂百口莫辯,只有比別的姊妹多出錢。再說自己也不是醫生,錢可以治病,「槍手」那活兒不好找人替代,她看了一眼娘又回單位上班了。

因為走得急,又出了汗,晚上又沒睡好覺,早上起來,陳二嫂頭痛得厲害,陳二哥叫她請個假,陳二嫂說:「早上五點上班,九點下班再去拿點藥就行了。」誰知剛剛幹到八點,陳二嫂突然暈倒了,立即被送往醫院搶救,領導來看她,叫她好好休息幾天。第二天早上四點鐘,灑水車司機還沒起床,陳二嫂又打電話說要上班,有人說她該耍不會耍,活兒比命還重要,不知為了啥。

一天,陳二嫂上早班,突然聽到垃圾桶裡有手機在響,她去撿起來接聽,對方是個北方人,前不久到重慶辦事,一款價值六千多元的蘋果手機丟了,裡面存有幾百個電話號碼、工作日程安排及工作備忘錄等重要訊息。她立即報告環衛所。對方是某省紀委辦案的工作同志,手機失而復得非常高興,堅持要當面感謝陳二嫂。「不該得的我不得,不該要的我不要,撿到的東西就交公,你也是為國家辦事。」陳二嫂堅決拒絕了。

某省紀委與地方黨委取得聯繫,對陳二嫂拾金不昧的精神給予表彰,說她每月薪水才一千多,撿到半年的「薪水」居然不動心,太難得了!陳二嫂說這點事兒不值得宣傳,反正也是湊巧,不是自己的,金子也不能要。一句樸實的語言,代表一個人的品格,區裡抓典型找楷模,這樣的人不用塑造就能寫出好文章。區委書記要親自接見她,電視台、報社要採訪她。

一個抱水槍沖洗大街的環衛工,平時並不引人注意,市領導聽說區委書記要來看望陳二嫂,立即通知環衛所的負責同志要二嫂好好準備一下,先到辦公室來一下。

平日除了與灑水車的司機接觸以外,陳二嫂就連環衛所的領導也沒怎麼見過,每月領薪水還是辦公室人員送來的,現在,局長居然派司機來接她參加座談會,陳二嫂一下子懵了。此刻,她正在抱著水槍沖洗大街,駕駛員說明來意,陳二嫂驚訝得合不攏嘴。開會?開什麼會?是的,陳二嫂自從嫁到

婆家，村裡開會都是丈夫去，女人咋好拋頭露面呢？對於她來說，「開會」這個詞兒太陌生了，更別說是城裡的會議了！

陳二嫂一口回絕了。

市政局領導在辦公室左等也不來，右等也不來，在電話裡就發火了：「是咋回事？人咋還沒來？」局長司機是個年輕人，說：「走，大姐，領導在催了。」陳二嫂見推託不了，這才答應找個人替她的工作，隨環衛所負責人上了市政局的車。

市政局領導見到陳二嫂，就對環衛所負責人說：「你們平時為啥不發現這些模範？為啥要上面發現了，你們才知道？那麼多人，難道只有她一個人會當『槍手』嗎？我把她調到環衛所坐辦公室去，看你們咋辦？」

一個人在未發揮她的能力之前，未必瞭解自己有多大的能力，一旦發揮她的光和熱就成了另一個人了。

小山村得到這個消息後，陳二嫂所在的鄉領導又把該村的黨支部書記找來：「你看你們好官僚，平時不注意發現典型，你們村的人才被別的單位發現了，值得好好總結。」

第二天，鄉領導、村支部書記、村主任一行來城裡，請陳二嫂回村去擔任村婦女主任，說：「你是家鄉人，要多為家鄉人民做貢獻。」陳二哥聽到這話就不高興：「當初你們為啥不提呢？那時候，我們要見你們一面好難！她言遲口鈍的，咋能當幹部呢？謝謝你們了。」

陳二嫂所居住的街道社區也不斷來電話，要找陳二嫂瞭解情況，說：「你在我們轄區居住，就必須服從我們的管理，你就是我們這兒的人。」從那以後，陳二嫂就成了先進典型。還有人想把陳二嫂調到社區去當義工，不給薪水，但可以領補助，每月的補助保證不低於抱水槍的錢。總的說來，比環衛所的活兒輕鬆多了。

一天，陳二嫂正在上班，環衛所的領導通知她到市政局去一趟，說是領導找她談話。

到了市政局，領導說：「我們已經研究決定，調你到環衛所辦公室去工作，從明天起你就不去抱水槍了。」

「不，還是讓我繼續抱水槍吧！」陳二嫂說。

「根據你的突出貢獻，我們決定讓你換個環境，作為培養對象。」

這話陳二嫂似懂非懂，回到家裡跟丈夫商量，陳二哥說：「人家做夢都想的事，你還挑啥挑？你不就是個農民工唄，有啥驕傲的？」

陳二嫂果真聽丈夫的話去環衛所辦公室上了一天班。在辦公室裡她看不來文件又打不來字，只好找個掃把打掃一下衛生，抹抹桌子。度日如年，怪不舒服，她覺得比抱水槍難多了。

第二天，陳二嫂又叫灑水車司機來接她。

陳二嫂給司機打電話說去接她，真把司機搞糊塗了。陳二嫂不是明明調到環衛所辦公室去了嗎？難道又調回來了？司機問環衛所的人：「陳二嫂又調回來了嗎？」「沒聽說呀！」原來，替陳二嫂抱水槍的叫小王，聽說她要回來，當天就不幹了，找領導換工種。「你聽誰說的？幹一行要愛一行，只要你幹好了，領導心頭有數，該咋考慮是我們的事！」領導一通訓斥。灑水車司機卻急了，一個想來的上面沒有安排，不願幹的巴不得換人，越是這樣越是引起領導的重視，想偷懶的偏不讓換工種，越怕吃苦的越要在最艱苦的第一線去鍛鍊。小王沒有換工種，繼續配合灑水車工作，抱水槍沖洗路面。

陳二嫂的舉動，不僅沒有挨批評，反而引起了領導的重視。領導親自找她談話，問她為啥不願到環衛所辦公室工作。「到環衛所辦公室工作，是因為你的突出貢獻，是組織對你的照顧。」陳二嫂說：「辦公室的活兒我幹不來，還是調我去幹那些簡單的活兒吧。」組織上反覆徵求她的意見，還是叫她留在單位上比較好。陳二嫂想了想說：「這樣行不行？我就打掃我出門那一條街道可以不？有什麼事你們隨時在那一條街來找我，我保證把那一條街打掃得乾乾淨淨。」

陳二哥拉板車回來，發現陳二嫂在屋門口掃大街，就問她咋回事。是不是哪裡做錯了被放回來了？聽說是她自己不願到環衛所辦公室上班，要求掃

大街的，陳二哥就火了：「你真行，輕鬆的活兒你不幹，為啥要掃大街？辦公室的工作天晴不晒太陽，落雨不遭雨淋，一年四季有空調，你享不來那個福嗎？」陳二嫂說：「我沒文化，坐不來那個辦公室，整天看著別人用電腦，自己啥都不懂有啥意思？待出病來還不曉得咋回事！掃大街簡單，身體還能得到鍛鍊，你看我不是沒有以前胖了嗎？沒文化就幹沒文化的活兒，只要能把這件事做好了，也很不簡單。」

陳二嫂雖不抱水槍沖洗大街小巷了，但又承包了家門口那一條大街。一個心眼，一條思路，一個活兒不複雜，幹起來簡單，走出環衛所就像卸下了千斤重擔，不動腦子，不花心思，天天打掃屬於她的那一段街道。

一天早上，陳二哥正在給別人拉貨，突然接到醫院電話，陳二嫂被車子撞了正在搶救。「在家好好的，你硬要到城裡來！辦公室多好，你偏要掃大街！」陳二哥一路走，一路埋怨，都怪大舅子不該把陳二嫂帶進城來。早上還高高興興走出去的，現在睡在病床上搶救。陳二哥淚水長流，傷重傷輕，是死是活還不知道，他真後悔讓她留在城裡。

環衛所領導親自來了，市政局的領導也來了，還有陳么妹也來了，有的送現金，有的送花籃，有的送水果，人來人往，車水馬龍。附近的老百姓都為陳二嫂擔憂，該不會出什麼事吧？還有的罵當事人開車不小心。其實駕駛員也後悔，當初自己不小心，出事後他立即將陳二嫂送往醫院搶救。

醫生說可以進去看望病人了，沒有什麼大問題，只是左腿受了傷，需要治療一段時間。事情已經發生了，埋怨也沒有用，只有多給些鼓勵與安慰。陳二哥安慰自己，當事人及時將其送往醫院，環衛所、市政局的領導都來了，他們已盡心盡責，好在沒有生命危險，相信能夠治好，恢復正常的。

陳二嫂一點也沒害怕，勸丈夫不要流淚：「男子漢大丈夫流淚不好看，過一段時間我就要回家。這裡有醫生護士，你回去幹你的事，拉你的車吧，不用幾天我就會站起來！」別人受點輕傷也不停地叫喚，陳二嫂臉上卻充滿自信，她口口聲聲說現在醫學發達，藥物好，又有醫保，不要操心好了。

陳二嫂拆了線以後，陳二哥就只是早晚來一次，看看沒事就走了。

轉眼一個月過去了，陳二嫂丟了拐杖可以走路了，她要求出院。醫生說：「你還要繼續療養。」陳么妹說：「錢又不要你出。」陳二嫂說：「人家也是農村出來的，他家還有妻子兒女，家裡窮，花多了人家遭不住。」她一再要求回家療養，減輕肇事司機的負擔。

　　陳二哥來到醫院，聽說陳二嫂回家去了，他去問醫生才知道，不是醫生叫她出院，是她自己再三要求回家療養的。陳二哥問：「有沒有後遺症？」醫生說：「大的問題倒沒有，但是一定要好好休息。」

　　肇事司機來醫院看她，聽說陳二嫂沒痊癒就出院了，就問咋回事。醫生說陳二嫂是擔心你家庭困難才回家療養的。那司機心裡非常感動，就請醫生轉告陳二嫂，一定要好好療養，再困難他也要想辦法給她營養費。

　　陳二嫂在家還不到一個月，她又悄悄回到她那一條街去掃地了。接替她的那個人是她以前的同事，同事勸她好好休息，在家療養，單位上照樣發薪水。陳二嫂卻說：「我已經好了，再這樣下去，我一輩子也好不了。」

　　第二天早上，肇事司機去找陳二嫂，又看見陳二嫂在那條街上掃地，立即把車停下來說：「大姐，我給你一千元營養費。」陳二嫂說：「兄弟，你也不容易，你孩子上大學要用錢。」

　　這時交警來了，那司機忙著去開車：「大姐你要注意身體哈！」陳二嫂說：「兄弟，下次你要開慢點！」

何二嫂

在涪江邊有一條老街，名叫興隆街，與四川遂寧交界，距縣城大約三十公里，它一面靠山，一面臨江，水陸兩通，交通方便，經濟繁榮。老街人口不多，街面不大，但是歷史古蹟極為豐富，比如說孔子廟、禹王宮、王爺廟、川主廟，等等。從前這裡過個十天半月就有戲看，現在看書不收錢，人們無事坐茶館。別看小小一條街，居然有三十家飯館、二十家客棧、十幾家茶館。特別是到了趕集那天，車水馬龍、人來人去熱鬧非凡。那些牽豬賣羊、提蛋賣雞、挑魚賣菜的圖個方便，喝茶寄放東西不要錢，還有講生意、做買賣、耍朋友的都選擇在茶館見面，也有無事上街趕耍場喝茶聊天的。

五穀豐登、六畜興旺的年景，鄉裡人家有吃不完的糧食、臘肉就弄上街來賣，賣完也愛到茶館喝茶。倉裡有糧，荷包有錢，出手就大方。趙二還沒進門，錢三就喊：「趙二哥的茶錢我拿！」孫四也喊：「他的茶錢我拿！」還有李五、周六手裡拿著鈔票，手兒舉得高高的在喊：「我給！」人人爭先恐後，個個豪情滿懷，喊聲一浪蓋過一浪，此起彼伏。

茶客們茶杯一端，八卦就來了。有的說今年雨水好玉米產量高，有的說李家豬下的仔多能賣好價錢，有的說么妹趁男人不在家偷情，還有說趙老漢與兒媳婦有不正當關係。

這天，街東的興隆茶館聚集了一批茶客。茶客們談興正濃時，突然老闆來了。

老闆姓馬，人稱小天棒。頭髮不多，鬍子又長，身體偏瘦，個子不高，牙齒又黑，習慣雙手捧個茶杯說話。小天棒來到茶館先把大家掃視一遍，逐個打招呼，然後坐在麻將桌旁就喊：「來噻，打麻將！」

「你不怕何二嫂揪耳朵？」茶客們紛紛笑道。

何二嫂是誰？馬老闆的婆娘。

山裡女人的夢想：農民作家周汝國中篇小說集

　　說起打牌，馬老闆兩口兒不知吵了多少嘴，打了幾回架。背著何二嫂，馬老闆誇海口說大話，天王老子都不怕，見了何二嫂，卻像老鼠見了貓，嚇得鑽桌子下。有幾回還是被何二嫂揪著耳朵拖走的。

　　誰也沒想到，小天棒自從討了婆娘以後，卻像變了個人似的，患上了「氣管炎」（妻管嚴）。

　　人都有個變化的過程，在變化中生活，在生活中成長。

　　馬老闆過去在興隆街上是出了名的小天棒，摸不得的敢摸，惹不得的要惹，大法不犯小事不斷，關監不夠格，父親管不住。但是他在服裝設計方面卻是個高手。據說他設計製作的衣服既合身又好看，既經濟又實惠，方圓百里無人不曉。那年縣裡搞服裝設計比賽，小天棒居然還奪了個一等獎。

　　有技術的人大多任性。別人按時上班，唯有小天棒手裡端個茶杯彷彿閒雲野鶴一般，這裡走走那裡看看，到了廠裡還要坐在椅子上抽抽煙看看報，把當天的新聞瀏覽一遍才開始畫樣。別的工人遲到了要扣錢，他不按時上班卻沒人去告他，廠長也不過問，薪水還比普通工人高過三分之一。

　　小天棒和街上的二虎子、狗娃子、三莽子並稱興隆四雄。夏天穿條短褲，冬天剃個光頭，吃了館子酒醉了還提板凳甩盆子，酒醒了又去賠禮道歉，只等後來娶了何二嫂，才慢慢收了天性。

　　說起來也真有意思。那年春天，街道服裝廠來了個農村姑娘，是頂她父親何鐵匠的班來的，因為排行老二，大家就叫她何二妹，地皮還沒踩熟她就敢和廠長說話，啥都不懂就要求上機，反把廠長逗樂了，想上就上吧。何二妹不懂就問，勤奮好學，很快就熟悉了技術。

　　老工人陳二嫂和小天棒的媽——馬大媽是親戚。

　　馬大媽每次遇見陳二嫂，都拉著陳二嫂的手，求她給自己找個兒媳婦。可是滿廠都尋遍了，人家姑娘們就是看不起小天棒。當陳二嫂向新來的何二妹提起時，沒想到何二妹居然跟小天棒對上了眼。

何二嫂

何二妹結婚後，人家就改口叫她何二嫂了，小天棒也不能再是小天棒。何二嫂說：「男人沒討婆娘前是個孩子，討了婆娘就是大丈夫，大丈夫就要有擔當，養家餬口，撫兒育女。」

且說那年冬天正下著大雪，女兒發高燒卻不見小天棒的人影，送醫院去又沒有錢，小天棒手機打不通。何二嫂穿街走巷把所有該去的地方都找遍了始終不見小天棒蹤影。她正要往回走時，迎面碰見二虎子的娘。二虎子娘邊走邊罵：「你就別找了，他們正在打牌！」何二嫂順著她指的地方去打聽，果然發現小天棒正在打牌，身旁還贏了一大堆錢。小天棒二話沒說，順手給了她一沓大票：「拿去給娃兒看病。」何二嫂要小天棒回去，他說：「回去沒有用，我又不是醫生，說來說去還是錢才治得到病。」小天棒不走，何二嫂順手一巴掌，狗娃子、三莽子伸手阻攔被擋了回去。何二嫂生氣了，跑到派出所報案，小天棒贏的錢全部被沒收，還被關了一夜，不僅遭到兄弟們的嘲笑，而且婆娘三天三夜沒讓他進門，他又冷又餓，可算嘗盡了苦頭。

第一回小天棒輸了，那些難兄難弟給他出主意：婆娘要打才行，不然今後不好管。小天棒有幾次舉起的手卻又收了回來，婆娘又高又大，自己站起只有婆娘肩頭高，打不打得贏還很難說，再說總得有個正當的理由。婆娘是為了孩子的正事兒才到派出所的，打牌有啥理由？若無正當理由打婆娘，人家說你瘋了，平白無故為何打人？所以小天棒只好忍氣吞聲算了。

第二回是涪江發大水，古老的興隆街遭到百年一遇的洪災。政府通知各家各戶做好防災準備，說根據專家的預測，洪水還將繼續上漲，如果再漲，古老的興隆街將是一片汪洋。機關幹部、大小官員全部出動，居委會成立了搶險組，人人袖上帶個紅布箍，挨家挨戶做工作，叫居民搬遷。涪江年年發大水，年年都沒漲到上面來，街上居民都不信會淹了他們的家，沒吃過苦頭不知苦，沒遭過水淹就不知道洪災的厲害。有的人說大河的水離房子還遠著呢，無動於衷；有的還喝茶打牌，不當一回事。

到了晚上，小天棒飯碗一丟又背著何二嫂打牌去了。大水快漲到屋門口時，他還渾然不知。何二嫂撈衣挽袖，左手打電筒，右手拿棒棒，到處找人，嚷嚷著非要把小天棒打個落花流水、皮開肉綻不可。這裡瞅瞅那裡看看，那

山裡女人的夢想：農民作家周汝國中篇小說集

　　白花花的大水一浪蓋過一浪，越漲越高。何二嫂急忙往回走，邊走邊喊：「快點走喲，大水淹到家門口了！」回到家裡，發現老公正在睡大覺，她一手掀開被蓋：「快起來，洪水淹到屋門口了！」小天棒啥時回來的何二嫂沒過多追問，當務之急是抗洪搶險。轉身又去敲公公婆婆的門：「爸！媽！快起來，江邊水要淹攏了！」她公公婆婆立即穿好衣服，到江邊一瞅：「快，不好了，水要淹攏了！」左鄰右舍聽到何二嫂的喊聲，趕緊起來收拾東西往外跑。

　　小街的人，白天勞累了一天，晚上大多睡得死沉沉的。何二嫂從東頭喊到西頭，又從西頭喊到東頭。

　　大家睡得正甜，被何二嫂叫醒，急忙起身。張二嬸還不信，打起電筒到江邊一瞅：「哇，不好了，洪水淹攏門口了！」這才引起大家重視，各自收拾自己的貴重物品往坡上跑。

　　何二嫂跑了一趟回來，見小叔子馬二娃還沒動，就大吵大鬧：「你還睡倒個球，水淹到屁股了！」小叔子天生呆傻，何二嫂一腳踢開房門，馬二娃還穿著三角褲，她拉起他就往那邊坡上跑，逗得大家哈哈笑。有人說讓傻子死了少個負擔，何二嫂說：「富不捨財，窮不丟命，救一命勝造七級浮屠。」

　　人們剛剛爬上山，洪水就淹到房門口了，沒過多久，興隆街整條街就看不見了。見街坊鄰居一個人也沒丟，何二嫂這才放了心。大家都感謝何二嫂做了天大的好事。記者來採訪她時，小天棒說：「你們少做形式，多給我們撥點款來。」何二嫂說：「政府又沒惹你，天老爺下暴雨你喊莫下嗎？全街上萬戶又不是你一家人遭了災！」說完就去照顧公公婆婆了。

　　洪災持續了三天三夜，靠河邊那條街不見了，何二嫂屋後的豬圈被大水沖垮了，幸好磚木結構的瓦房還在，雖有幾處受損，但只要修補一下很快就可以居住了。

　　雨過天晴，風和日麗，涪江恢復了往日的平靜。政府派人逐戶調查登記，讓大家自報房屋受損情況。何二嫂主動說：「我家受損不嚴重，先去別的人家登記吧。」小天棒「啪」的一聲擱下茶杯：「你真是他媽的傻婆娘！國家

的錢不曉得要！」何二嫂說：「如果趁洪災造假找國家要錢，謹防牢裡不好耍，一輩子伸不到皮（渝西方言，指一輩子受困受窮）。」

小天棒啥都不怕就怕失去自由，想收拾婆娘反而被婆娘占了上風。

何二嫂的婆子媽辭世以後，無人照顧傻子小叔子。小天棒共有兄弟姐妹六人，大哥在上海，二哥在北京，三哥在縣城，四妹家雖在興隆街，但是早已下崗在家吃閒飯，靠男人做點小生意維持生計。大家各有各的困難，大哥望著二哥，二哥望著三哥……最後小天棒說：「你們莫望我，我胃痛、肚痛、鼻子痛，現在是泥菩薩過河——自身難保。」何二嫂把劉海往後一抹，袖子一挽：「大哥二哥隔得遠，各自都不方便，傻弟弟不該我們管，誰管？多一個人多一雙筷，多一個人少一點寂寞，多好？大哥二哥如果手頭寬鬆，願意給點小錢也行，如果沒有錢，把哥哥嫂嫂舊衣舊褲給點也行！只要冷不著，餓不到，娘在陰間也放心，外人也會說咱帶了個好頭，做了個好樣，不好嗎？」

在弟兄姊妹面前，何二嫂站得高看得遠，大家都很感動，小天棒又沒找到出氣的地方。

傻小叔子跟著何二嫂以後，小天棒天天雙手捧個茶杯去找街道辦要救濟款。何二嫂說：「街上瞎子跛子那麼多，弟弟吃得下飯走得了路，國家哪來那麼多錢？你急個啥呀，個人早點打主意想辦法，只要有雙手不愁沒飯吃。」

卻說涪江遭了大水以後，政府動員抗災自救。河邊到處是空地，大熱天的別人在家乘涼，何二嫂還在挖地種瓜點豆育菜秧。等救災款落實到戶時，她家河邊的地瓜早可以挖來充饑了，玉米也已經可以嘗新了。

何二嫂兩口兒原都是街上建立最早、效益最好的製衣廠工人。隨著經濟的發展，人們的生活水平不斷改善和提高，審美觀念和文化需求發生了巨大變化，奇裝異服，五花八門，一天一個樣式，古老的小街自然跟不上服裝市場變化的需要，人家訊息來得快，又是成批機器生產，小工廠縫紉生產早就吃不開了。企業破產後，何二嫂兩口兒雙雙下崗了，還要管能吃不能幹活的弟弟，還有孩子上初中，手頭幾個錢早已蕩然無存。

山裡女人的夢想：農民作家周汝國中篇小說集

　　小天棒一夜之間話也少了，人也老了，才三十多歲的人，看上去有四十好幾了，他常常雙手捧個茶杯坐在板凳上抽悶煙，弓著背，下巴擱在茶杯上，眼睛往下看，又像在想什麼，怪不得有人笑他是「蔫絲瓜」。

　　啥叫蔫絲瓜？蔫絲瓜在興隆街一是說男人做那事不行了，還有一個說法是男人管不住女人，或者女人比男人能幹的，也稱其為蔫絲瓜。對那些不求上進，怕苦怕累，貪生怕死的男人也是一種鞭策，所以，人們常以此開開玩笑。

　　何二嫂恰恰與老公相反，一說一笑，樂呵呵的，有人說她家住江邊，像涪江的流水一樣歡快。所以也有人叫她活二嫂、活甩甩，說她很活躍。她說話嗓門粗，盡是鄉土俚語，笑話很多，走到哪裡，歡聲笑語就帶到哪裡，這樣的女人總能給人們帶來快樂。

　　自從服裝廠破產以後，小天棒就開始蔫了，牌也不打了，話也少了，門也不出了，一天到晚拿個茶杯腦殼看著地下。何二嫂說：「你把腦殼夾在胯頭撈球呀！高黃鱔（指蛇）無腳無手都要求吃……」她罵老公不看場合不顧面子，做事情也不跟老公商量，敢想敢說，敢想敢幹。那時候，興隆街上沒有一家茶館，趕集的人沒個落腳處，何二嫂看準了商機，就去找政府，說想要開一家像縣城那樣的老年文化活動中心。鎮領導聽了很高興，覺得這個女人有思想，有眼光，表示大力支持，街道居委會也認為這是給群眾辦了件好事。何二嫂不用費吹灰之力，輕而易舉地就把手續辦好了。她在家裡七拼八湊搞了幾張木桌辦起了茶館，憑她待人的熱情勁兒，茶館一開張，生意就跟興隆街的街名一樣，興隆得不得了。毛三爺、王大爺都是退了休的工人，聽說何二嫂辦了個老年文化茶館，天天到場，跨進門口開玩笑：「今天又到何二嫂的活動中心耍一耍，玩一玩，嘿，要得，要得，跳個舞嘛！」

　　「你今天不跳咋說？」只見何二嫂嘻嘻哈哈把毛三爺拉過來，累得他上氣不接下氣。何二嫂說：「我說你是老漢討婆娘——眼睛餓。」逗得茶館的人哈哈大笑，小天棒坐在一旁也忍不住笑了。

　　茶館雖小，天天爆滿。一天收入幾百塊，照此下去，三五年下來就能修一棟樓房。常言說，家中有金銀，隔壁有桿秤。街上的人誰不明白？城頭稻

草都會走路，小小一條街突然之間就冒出來十幾家茶館了，何二嫂的生意也跟著蕭條了。

小天棒年紀輕輕就病痛不斷，到大醫院檢查也未能說個明白，要是沒有病，就憑他的裁剪技術出去闖一闖，說不定也能掙大錢。說實話，若不是他有技術，何二嫂能嫁他嗎？

據說剛結婚不久，有人在小天棒面前說何二嫂閒話，他想學一學男子漢大丈夫，第一回就把婆娘拿住，否則這一輩子休想管住她。小天棒撈衣挽袖借酒發瘋，教訓婆娘要如何如何⋯⋯何二嫂想了想，如果真的讓老公打服了，男人就像一匹脫韁的野馬，今後休想管住他，這一輩子休想在街上做人了！何二嫂順手操起一根抵門杠，一棒打在小天棒的屁股上，邊打邊說：「你聽誰說的？做賊要拿贓，偷人要拿雙，證據在哪裡？時代不同了，不像過去，男女不說話，老娘的東西又不是長在膝蓋上那麼容易得到的⋯⋯」圍觀看熱鬧的人無不哈哈大笑。何二嫂又故意狠狠一棒打到壁頭上，真像要一棒打死小天棒的樣子，嚇得他摸著屁股往廁所裡鑽。何二嫂的舉動是好是壞暫且不說，眾人奪下木棒，街坊才把小天棒從廁所里拉出來。何二嫂故意鬧著要離婚，小天棒苦苦求饒。當真何二嫂心硬嗎？待眾人走後又風平浪靜了。何二嫂跑到藥店買了一些跌打損傷丸和一瓶紅藥水，給老公擦屁股，一邊擦一邊說：「你不要中了人家的計，把老娘逼上別人的床。」

小天棒沒有打服婆娘，反倒被何二嫂給制服了，從此家中什麼事就由何二嫂做主，小天棒變成了一個吃糧不管事的閒人。但是，人都有大腦，沒有不想事的，眼下生意淡薄，一家子大小穿衣吃飯，生瘡害病，子女入學等，許多實際問題怎能不考慮？小天棒還是改不掉老毛病，雙手捧個茶杯，下巴擱在膝蓋上，頭往下垂，眼睛望著地上。何二嫂罵他：「你愁個啥！街上李跛子撿破爛修了樓房，王麻子搞修理維持一家人生活，張小妹開理髮店買了彩色電視⋯⋯咱們總不能在一棵樹上吊死吧？這樣不行幹那樣，路是人走出來的！」喝茶的人無不舉起大拇指稱讚。

小街靠江邊上，到處是荒灘沙地，水漲潮落，土地肥沃。何二嫂就在河邊種瓜點豆，一年四季不愁菜吃，全家人就這一項一年下來就節約了好幾千

元。眼看地裡剩下的瓜果菜葉白白浪費，她覺得可惜，就又趁著廁所牆搭個豬圈養豬。在當地新建豬圈有個說法，一般都要請師傅掃掃圈，祭祭豬神，或者請個端公（巫婆）擇個吉日求豬神保佑，豬兒將來就會吃肯長。

　　何二嫂偏不信邪，不請師傅也不請端公，揀幾摞爛磚砌方圍牆，她把屁股一拍說：「我不信邪，只要豬兒像我一樣會吃會長就行。」

　　養豬也不是一件容易的事，特別是在街上，僅有點菜葉是不夠的。隔壁有一家餐廳老闆知道何二嫂的困難，就請她洗碗打雜，除了得餿水餵豬，還管吃喝，每月還有一千多元薪酬。小天棒說下賤，何二嫂說：「你曉得錘子！沒有錢去偷去搶，去要飯？」別人問她髒不髒，何二嫂說：「大糞種的糧食香不香？種的蔬菜你吃沒有？」問得人家啞口無言。

　　城裡人下鄉撿糧食是二十多年前的事了。在生活緊張的年月，城裡人下鄉撿糧食，人還未下地到處是一片吼聲，經常嚇得驚慌失措。現在何二嫂下鄉撿地瓜，迎來的卻是一副副笑臉，有的打蛋下麵，有的端茶倒水來款待。王老武還讓她有多大氣力就背多少地瓜回家。何二嫂也見眼生勤，幫助他挖地瓜、做雜活兒。

　　到了冬天，城裡人都穿上毛衣了，何二嫂依然撈衣挽袖，露著手臂，依然下鄉尋豬糧。人家問她累不累，她拍拍大腿說：「老娘不花錢能減肥……」

　　小天棒還是改不掉老毛病，坐在板凳上，弓著背，雙手捧個茶杯放在膝蓋上，腦殼下垂，眼睛朝下看。

　　何二嫂仍然奔走在鄉下與興隆街的路上。渝西的冬天，有些寒冷，她卻彷彿感到了一股暖風吹來，正吹散籠罩在大地上的寒霜，吹出一個欣欣向榮的春天……

新來的組織部長

夜裡下了一場春雨，路上像被水洗了似的乾乾淨淨，田裡的秧苗顯得更有生氣了，葉子上還掛著水珠。這時，太陽還沒出來，大地籠罩著一層薄薄的水霧。

新來的組織部長渝小東是個老部長，這麼多年他還是改不掉他那個怪脾氣，凡是新提拔的領導幹部他都要逐一調查瞭解情況，聽聽群眾意見，群眾說行就行，說不行就不行。有些時候他不一定按照領導的意圖去辦事，我行我素，但是最後他要提出自己的看法，個別情況還擅自做主。但是在他所工作過的地方，據說還沒有出現過因大的人事問題所造成的不良後果。他越是稱職，越是難以換崗，和他一起上來的組織部長，大多數都提拔為副書記、書記或人大常委會主任了，他還是原職不動。越勝任，越當得久；越當得久，越有經驗；越認真，越負責，越是這樣，就越可能形成獨特的風格。

比如說在人事制度未改革之前，他就提出考察幹部不能只憑選票多少，更不能一概而論。一個家庭好不好要看家長能不能幹；一個工廠好不好在於廠長有沒有事業心；一個村搞得好不好，就看黨支書一把手咋樣；一個鄉、一個鎮、一個縣的變化大不大，除了基礎條件以外，很大程度上在於黨的一把手的思想素質咋樣，重在有沒有奉獻精神，自不自私，會不會吃苦；衡量一個幹部的能力如何，要看他的綜合素質咋樣，能不能挑重擔。

因此，能否選好一個領導幹部，關乎整個鄉鎮的面貌。

今天渝小東去考察的是涪江村黨支部書記汪小忠。組織準備將他提拔到鄉裡來當領導，一般說來，提拔必須有一個過程，這樣的晉升是沒有先例的，大多從基層起來的幹部，只能從副職到正職。涪江村這幾年變化很大，率先通公路，戶戶蓋樓房，家家有產業，人均年收入早已突破一萬元。

汪小忠工作勤勉，成績顯著。但是在研究提拔汪小忠的時候，有人說他生活作風上過不了關，與村裡三個女人有染，最近村裡一直有人反映汪小忠的作風問題，但就是沒有當事人來證實這件事情。

山裡女人的夢想：農民作家周汝國中篇小說集

　　為了對汪小忠負責，對人民負責，新來的組織部長渝小東要親自走一趟，按照群眾反映的問題逐一核實。汪小忠的經濟問題，透過審計查帳很快就有了結果，一切正常。而男女之事，生活作風問題就不一樣，誰願意承認自己有私情呢？很可能還會被反咬一口，說你破壞了別人的家庭。

　　在來之前他沒有通知鎮裡的領導，只是穿一件普通的藍色上衣，裡面是一件白色的毛衫，提個用過幾年的帆布口袋、一支鋼筆和一個筆記本電腦，便於隨時隨地記錄和查閱資料。

　　今天調查的是與汪小忠平時接觸最密切的江小蘭。江小蘭現年三十九歲，丈夫因車禍去世，走的時候她才二十九歲，女兒才五歲，母親眼睛看不見，父親是個殘疾軍人。當時很多好心人勸她再找一個。她說優秀的男人未必願意跟我結婚，最好是別嫁，未婚的更挑剔，離過婚的男人大多有孩子，不好相處，將就過吧。

　　為什麼她和汪小忠來往密切呢？原來他們曾是同班同學，而且是同桌。當時汪小忠比江小蘭成績好，凡是江小蘭站起來回答問題時，汪小忠總在下面偷偷幫忙，後來被老師發現了，懷疑他們在交往，但又沒拿到證據，於是就把汪小忠和江小蘭的座位分開。高中未畢業，江小蘭因母親病重沒再讀了，汪小忠也因沒考上大學就去當兵，退伍幾年後就當選為村黨支部書記。縣委有個決定，每年在全縣招聘五名鄉鎮副職領導幹部，汪小忠就在這五名之中，群眾反映強烈的也是汪小忠。綜合成績他遙遙領先，快要發文的時候，突然接到好幾封舉報信，有人舉報汪小忠生活作風有問題，其中就談到他與江小蘭的關係。

　　江小蘭的家離公路大約還有一里路，要走一段小路才能到達。

　　在一片茂密的竹林深處，有一棟磚木結構的小房子，當門有一口池塘，人往塘邊走過，魚兒會捲起漣漪。

　　院子掃得乾乾淨淨，門口兩邊還有些花花草草，可見女主人是個愛美的人。

渝小東是有備而來的，江小蘭也早已做好了接待準備，沒等渝小東講話，她就率先說：「我知道渝部長要來，是不是問我和汪小忠的事？」

渝小東笑笑說：「既然你明白我的來意，那我們就開門見山吧。」

「部長，實話實說，老汪對我一直很好……」

渝小東立即拿出筆記本準備記錄。

「部長，我覺得沒有必要記錄吧，因為我們之間很正常。你看，我是一個女人，又是一個死了男人、有孩子的女人，在生活上需不需要得到一個男人的幫助？」

部長點點頭。

江小蘭繼續說：「老汪是咱村的黨支書，我們村的當家人，有困難該不該找他解決？」

部長又點點頭。

她又繼續說：「我家有兩個老人，還有一個孩子，全家四口人的地，女人不會犁田，他家有牛，請他幫我犁犁田可不可以？」

「可以。」

「家裡活兒多，孩子上學離家有三公里路，去來六公里，如果每天我去接她回家很不方便，老汪曾和我是同班同學，學校離他家近，他又有摩托車，幫我接送一下有啥不可以？孩子生了病，向老汪借錢，他從沒打過坎……人和人之間是有感情的，何況男人和女人之間，日久生情，這也很正常，你說是嗎？」

部長站起來告辭：「對不起，感謝你對我們工作的理解和支持。」

渝小東按照自己的行程又來到李小芳的家。李小芳是陽關磚瓦廠的老闆，她接到電話以後剛到家。她丈夫向渝小東打了個招呼就到廠裡去了。

李小芳是十年前到深圳學習的三十個優秀青年之一。三十個人中只有三個女青年,另外兩個,一個是江小蘭,一個是張小秋,而李小芳是留在深圳回來最晚的一個,也是這一批人中最有成就的一個企業家。

她是汪小忠帶出去學習的領隊人,回來辦磚瓦廠也是汪小東親自去請她的。

她直言不諱地對渝小東說:「我很喜歡他的闖勁。」

「我們村以前是全鄉的落後村,男人身上掏不出一百塊錢,女人靠養雞下蛋賣了吃油鹽。汪小忠說,不怕窮,就怕不立志,只要敢闖敢幹,窮山溝裡也能飛出金鳳凰。剛剛過了正月十五,他帶領全村三十名優秀青年去深圳考察學習。到鄉黨委去請假,書記只准他七天時間,他卻在深圳學習了半年。他這個學習和平時的學習不一樣,村裡不報車費,也沒有補貼,他也不向政府要錢,而是去親身體驗,進工廠當工人,學技術,學管理,體驗打工仔的生活。當時我們村去的大多是男人,只有三個女人,一個叫江小蘭,一個叫張小秋,一個就是我。我去了就不想回來了,在那邊一個月的薪水相當於在家鄉幹一年。後來是汪小忠把我叫回來的。」

「你聽汪小忠的話?」渝小東笑笑說。

「是的,我很相信他。」李小芳說。

「說來不怕你笑,剛到深圳龍崗的一個晚上,因為我們沒有暫住證,住的是一家私人旅館,三十個青年只有十個鋪,低矮的房屋又熱又悶,蚊子又多。說起來是個旅館,實際上就是農家住房裡添了幾張床。雖說我們家裡窮,但也不至於又髒又臭。大家都睡不著,找汪小忠給我們換鋪。他過來後我們就不准他走,他說這裡安全,外面抓得嚴,堅持一晚上,明天進了廠有了廠牌就不住這兒了。『是不是你想把我們賣了?』我開玩笑說。『咋敢呢?』汪小忠一本正經地說。『你別把我們弄來接客喲,我們是不幹那一行的哈。』大家嘻嘻哈哈笑。『我不敢。』『量你也不敢。』開了一陣玩笑,汪小忠想回自己房間,三個女同志拉著他的衣服不准他出門,說,『有你在這兒我們

什麼都不怕。』嘻嘻哈哈，瘋瘋癲癲鬧了半夜，醒來時，汪小忠趴桌子邊睡著了。

「有人說男女授受不親，我們比兄弟姊妹還純真。我們談理想，談未來，談到等有了錢回家修公路、買汽車、辦工廠，讓家家戶戶蓋上新樓房。

「在深圳打工，不是像我們這裡遲到早退遭過批評就算了，外資企業管理不一樣，那裡是要扣薪水、扣獎金的。遲到三次要開除，在制度面前人人平等，不論是誰犯了廠規必須按制度處理。在生產技術方面，一律不講人情，產品驗收不合格，責任到人，賞罰分明，絕不含糊。技術員和普通工人薪水差距很大，有的技術員薪水高達其他員工的兩倍甚至十倍。管理人員和普通工人在不同的食堂吃飯，生活是不一樣的。這就是尊重人才，尊重技術，留住人才就是勝利。到了深圳，人人都有緊迫感，下班以後就是學習，參加培訓，考證。深圳用人，看文憑，看職稱，看實踐，有多大本事掙多少錢，懶人絕對要落後。

「我從一個工人到管理層再到副總，年薪達三十萬了，突然汪小忠叫我回家鄉投資辦個磚瓦廠。他說現在農民家家都想蓋新房。辦個磚廠很好。我說困難也不少，資金問題、土地問題，以及水、電，等等。他說有我汪小忠你怕啥。說實話我喜歡他的風格。

「辦廠離不開汪小忠，許多時候他和我一起工作，有人開玩笑我不介意。心裡敞亮，啥也不怕。部長，你說對不對？」

渝小東點點頭：「嗯，你工作忙，咱們今天就談到這裡吧。」

渝小東說完就起身去找張小秋談話。

誰知張小秋接到電話以後早就跑過來了：「部長，你找我有事？」

「嗯，想瞭解些情況。」渝小東說。

「現在來我們村的大官太多了，你是第一次來吧？」張小秋說。

「嗯，你們村是全縣的模範村。」渝小東說。

「對。」張小秋自豪地說。

「你辦了個客運公司對吧？」渝小東問。

「嗯，全靠汪小忠幫了我一把。」張小秋接著就打開了話匣子。

「那年我們去深圳學習的有三十個人，後來有十個人沒有回家成了廠裡的技術骨幹，有十個人回鄉成了企業家，還有十個人當了幹部。在汪小忠的幫助下，我們村辦起了企業，蓋上了樓房，創辦了第一個大型磚瓦廠、第一個預製件廠、模具廠、汽車配件廠、養魚場、森林公園……都是我們村最先辦起來的……

「現在我們村是全鄉的典型，全縣的先進，是全縣最富裕的村，這是汪小忠帶領大家闖出來的。不僅我喜歡他的闖勁，還有很多人喜歡他。領導要像個領導，男人要像個男人，如果一個男人沒有點闖勁，就缺乏一種魅力。你說對不對，部長？」小秋說。

「我是想瞭解一下你對汪小忠有什麼看法。」部長接下來說。

「我坦率地說很喜歡汪小忠，不僅當著你的面敢說，當著丈夫的面也敢說。」張小秋正在說話的時候，她老公過來打個招呼：「你們聊吧，公司有點事我得先走了。」

「好的。」部長說。

張小秋說：「我喜歡汪小忠為人忠誠。比如說吧，那年他帶我們村三十名青年到深圳學習，到大工廠裡打工。他說過這樣一句話：這次帶你們出來學習，如果你們願意留下來，我同意；將來有了技術，包裡有了錢想回家鄉辦企業我一律開綠燈，假如我還在任，絕對大力支持。十年後我們回家準備買輛客車來經營，因為我老公是駕駛員，線路的問題我們已經定好了，只是村裡公路沒修通。汪小忠說，你買車我修路。君子一言，駟馬難追。他立即召開支部大會，號召黨員幹部帶頭捐款修路，群眾集資，有錢出錢，有力出力。

他一天到晚和我跑上跑下，有人說汪小忠和我可能有一腿。我老公卻說，修路是為大家好。有人把話傳到汪小忠老婆那裡，他老婆說，別管他，是正事兒。

「不管別人咋個說，汪小忠說話算數，千方百計把路修通了，為此村裡欠了很多債。他把當年那些企業家請回來開了個座談會叫大家獻策。大家紛紛表示願意回家創業。

「公路修通了，我的客車，三天不收錢，免費把村民拉到城裡轉了一圈，全村人都說我為大家辦了一件好事。除了我喜歡汪小忠，大家都喜歡汪小忠。部長，你看還需要瞭解什麼情況？」

「感謝你對我們工作的支持。」說完，部長收起電腦回縣裡去了。

水花路

　　渝西東北部有個野貓村，村裡六百多戶人家，一千八百多人口，兩千多畝耕地，祖祖輩輩在這塊貧瘠的土地上，默默地耕耘，日復一日，年復一年，盼望著過上富裕的日子。

　　野貓村山高坡陡，離鄉政府三十里，只有一條彎彎曲曲的小路延伸到街上，村民們秤鹽打油、趕場往來都要起早摸黑。山裡人過去沒見過汽車，偶爾天上有飛機經過，也要擱下鋤頭望望，直看到飛機遠去。

　　更不用說坐火車，坐輪船。平時趕集大都是男人去，女人們天不亮就起來拉風箱煮早飯，等到天黑了男人才回家。農民賣了地瓜買衣褲，一挑地瓜一百多斤，爬坡上坎汗流浹背，換來幾塊錢，幾挑地瓜才能買一條褲子。

　　窮則思變，山裡人人窮志不窮，他們要開闢一條通往村外的大道，尋找一條致富路。

　　野貓山腳下，住著一戶人家。

　　清晨，大地上罩著一層厚厚的霜霧。老爸在階沿上整鋤頭，嘴裡吸著葉子煙，斧頭敲打著鋤頭發出響亮的聲音，像一聲聲宣言、號令：向大山進軍，修一條公路通向北京！為啥老爸想修路？

　　原來兒子昨天從部隊退伍，坐火車，乘輪船，又招摩托計程車，喊挑夫，還走了三十里山路才回到老家。娘問他媳婦呢？他說拜拜了！啥叫拜拜了？母親不懂意思，老爸黑起臉說，媳婦不幹了。

　　那麼漂亮的媳婦拜拜了，全家人悶悶不樂。兒子一大早挾個黑皮包到鄉裡去了，娘早就吃了飯在廚房裡煮豬食，唯有么妹水花一個人坐在桌邊吃早飯，她說城裡媳婦有啥好？好看不會幹活，又不是來看的，找個鄉下的劃得來。

　　那年哥哥從北京請假帶回一個姑娘，穿高跟鞋走了三十里山路，腳都腫了，痛了好幾天。哥哥找酒給她搓腳，娘天天燒熱水給她敷，老爸早上起來上街買菜，全家人圍著她轉，她還不滿意。她說再也不想來了，除非車子能

夠開到家門口。哥說等我把路修通了你再來吧！哥哥從部隊回來別的什麼也沒帶，只用一個大口袋背回一個小木箱式的直流電收音機。村裡人從沒見過，木箱內有人唱歌、說話，村裡人都說哥當了官，不僅帶回一個漂亮媳婦，還弄回個洋把戲。雖說是來聽戲，實際上是來瞧媳婦，大家羨慕、嫉妒、品頭論足，直到十二節一號乾電池放完才依依不捨離去。全村人沉浸在幸福與歡樂之中。

想當年老爸嘴巴笑起了豌豆角。二哥多威風，娘好有臉面，三輩人窮得叮噹響的家時來運轉。而今，他再也高興不起來。水花說：「爸！快吃飯，別想了，不要拖垮了身子，強扭的瓜不甜。咱們人窮志不窮，將來路通了，城裡比她漂亮的媳婦多著呢！」

愛情的力量是無窮的。二哥如果不是因為在部隊談女朋友早就由副排長轉為正排長了。他不要前程要美人，直到退伍那天還是一片痴情。姑娘說，既然你一片真心，我也不辜負你的希望，啥時路修通了，啥時來接我。

二哥回家的第一天就去見鄉長。鄉長是個年輕人，剛來不久，聽二哥說修路的事，非常熱情，拿煙倒茶，表示很支持，修路是件好事，要致富先修路⋯⋯

村裡人一瞧見二哥都感到有了希望，放下手頭的活兒聽他講外面的大世界。問他啥時回部隊，二哥說不走了，回家搞建設，先修公路後辦事，今後送種子買化肥，包在我身上。張么爸肩上扛著鏵口手頭牽著牛也被二哥吸引住了，有的把糞桶擱下來聽他講最新消息。他把剛才鄉長的話原原本本告訴了大家，人人臉上都掛滿了微笑，只有社長一個人沒有開腔。自己白當這麼多年的社長，為什麼沒想到這一點，直接去找鄉長。往回社長也想到過修路，曾也多次找過村長，每次都遭村長的批評，啥事都找我，要你社長幹什麼？二哥看不起社長，看不起村長，直接找鄉長，跳了兩級，被村長狠狠地批評了一頓。

其實，村長早就想把這一條山村公路修通，再不修通就無法交代了。在他當選之前，鄉長就對他說過，新一屆必須為民辦點實事。什麼實事？就是

把路修通。他向鄉長立下軍令狀，一定不辜負鄉長的希望。當選那天，他也在大會上表過態，為民辦實事。

二哥找彎刀砍竹子，叫水花找把尺子。老爸問他幹啥，他說修公路，測量。你瘋了不成？你都能測量，讀大學還有啥用？人人都成專家了，早是這樣，別說社長，村長就是你的了。社長幹了這麼多年未辦成，你行？你不是社長，又不是村長，誰聽你的？

修路的事已經鬧過好多年了。失敗和教訓在老百姓心中非常深刻。縣裡工作組駐村那年，來了個老幹部，從鄉裡到村上走了整整一天，他說路不修通，他不回單位。他向有關部門聯繫，爭取資金。設計部門來了七八個人搞了好幾天，招待費花了好幾千，路卻沒修成，最後因為鄉裡財政困難，說誰受益，誰承擔，又推到村裡，村裡派到社上，路未修，誰願買帳？

因修路的事，社長也跑斷了腿，受盡了氣。平時老百姓罵他光拿錢不辦事。每年到了收農業稅時，村民說路不通，糧食賣不出去，肥豬關在圈裡，要不就是說下雨小路滑挑不出去。交通閉塞成為山區發展經濟的障礙，道路不通成為老百姓一大難題。他們認為幹部不得力，沒有為群眾辦事，對幹部不滿意。誰要是能夠把路修通，誰就是好幹部，老百姓就會永遠跟著他。誰帶頭修路群眾就聽他的。自從二哥回來那天起，大家都圍著他轉，都覺得二哥從部隊學到了新知識，見到了新世界，說話做事總是與眾不同。

二哥把自己的想法和實施方案想好了，去找社長商量，話未出口就被社長一陣臭罵：「當初參軍是我推薦你去的，因你爺爺當過保長，那年政審你差點沒通過，是我親自去找支部，找黨委，調查你入黨也是我簽的字。參軍後你從來不給我寫信，第一次回來從我家門口過也不來坐一坐，退伍回來問也不問就去找鄉長，沒把社長看在眼裡。修路是那麼容易嗎？」二哥忙賠不是，怪自己年輕，頭腦簡單，請社長多指教，多包涵。

社長最後說，修路是件好事，不過別丟爛攤子，我可不負責。

二哥請了幾個有文化的人拿著竹竿滿山跑，有時撐得野兔滿山跑，老百姓以為他們是打兔的。看見有人撒石灰牽繩子才知道是量公路的。養豬大戶

山裡女人的夢想：農民作家周汝國中篇小說集

王大嫂說誰把公路修通了，我手心煎豆腐。二哥說：「手心煎豆腐不如在城裡請兩桌客，喝慶功酒。」王大嫂每年僅買飼料、賣肥豬，去去來來的勞力錢就要好幾千元，請兩桌客算什麼。修路開工那天王大嫂親自買了一條煙，送了幾箱礦泉水。她還捐了一頭大肥豬辦幾桌席，讓所有為修路出力的人喝一杯酒。公路剛剛修到一半就停工了。社長的母親坐在墳上不准大家動土。她的兒子保家衛國犧牲在越南，是社長的親弟弟，要不是烈屬，社長早就下台了。她母親說：「誰敢動土我就和誰拚命，反正兒子已經去了，豁著老命不要。」二哥做工作說：「人死如燈滅，也不過一個骨灰盒而已，換個地方不就得了嘛。」

　　大家都很清楚，如果繞道而過，起碼要轉一個大圈子，增加資金和勞力不說，還有竹木、房屋、農田、青苗，等等，並且一路上有幾座老墳要搬遷，修路能不能正常進行也在於此，只要社長家的墳搬了，其他家的墳也會搬，後面許多的問題都會迎刃而解。二哥去找社長，社長說，其他事好辦，這事我可幫不上忙，你知道她沒文化，受了刺激，腦子有問題，又有風濕性心臟病……如果出了問題，誰負責？二哥二說沒話扭頭就走了。

　　第二天，修公路照樣進行。二哥命令幾個青年把墳移到另一個地方，還做了一個非常精美的花圈，上面寫著：為了人民的幸福，烈士精神永垂不朽！

　　社長的母親見兒子的墳墓已搬遷，拉著二哥衣服哭得死去活來，大家勸說著把她拉回家去。

　　第二天，不幸的事情發生了，社長的母親死了。三親六戚把屍體往二哥家裡抬，二哥爹娘嚇慌了，連聲說都是我兒子的錯，安葬費我給。人死大如天。爹娘都罵二哥不是人，白養了他，枉自當了幾年兵。事情發生後，平時緊跟二哥的幾位青年不知躲到哪兒去了，以前大家都說二哥是對的，現在背地裡有人說他太年輕。

　　黨支部書記外出考察回來，剛進門就來了一批群眾反映情況。路未修，丟一攤債沒有解決，現在又出人命了，而且是一位烈士的母親。他很生氣，問誰同意二哥擅自修路的，社長說是村長同意的。書記想趁老子不在，在眾

人面前露一手、自我表現一下，顯示自己的才幹。怪不得平時間一貫好人主義。現在就讓村長自己去收場吧！

黨支書把村長找來說：「事情已經發生了，現在要立即制止事態發展，趕快解決，總之修路是件好事。」村長很惱火，他不僅沒有向群眾解釋，而且把二哥狠狠地批評了一頓，你以為辦件事那麼容易？為什麼不把問題考慮好？工作不做細？你又不是社長，有什麼資格去指揮群眾？烈士的墳都敢搬，以後你還怕誰？你以為社長無能，村長無能，只有你才行？現在我可負不了責，個人吃不了兜著走。

一個人的忍讓是有限的。二哥站起來說，你這麼說是我錯了？照這樣下去，我們野貓村永遠是個窮，去你媽的真沒勁，說完就走了。旁邊的水花姑娘毛辮一甩，雙手叉腰攔住大門口說道：「千錯萬錯不是二哥的錯，二哥一沒打她二沒罵她，是她自己死的，修路是大家的事，找也只能找全村人，也找不著二哥，有膽量把人抬進來，就要有膽子自個兒抬回去！」大家目瞪口呆，無言以對，不知如何是好。人群中鑽出一個大漢，眼睛鼓得有雞蛋大，說：「人已死了還有啥話說，拿錢來。」水花哈哈一笑，毛辮一甩，說：「要錢沒有，要什麼隨便拿。」有的說牽豬，有的說牽牛。豬是娘餵的，牛是種地的，不能你說了算，殺了人也要經過法官判定，辦事總得依理依法。

誰知鄉長早已趕來了，他悄悄問群眾她是誰。有人告訴他是二哥的妹妹水花，社裡一大烈女。村長問鄉長咋辦，鄉長說找社長談談，至於談些什麼，誰也不清楚，反正這事就這樣不了了之，但是修路的事暫時停下來了。且說二哥遭到這場風波以後，真的有些想不通，開始他懷著滿腔熱情，決定為大家辦點實事，把家鄉那條通往光明的大道修通，誰知阻力這麼大。他現在有一個新的打算，那就是打工掙錢，以後有了錢再回家修路。那天晚上，他不辭而別。

二哥走後，水花想繼續完成哥哥未完成的事。社裡有支持的，有反對的，也有潑冷水的。有人說水花是管閒事，嫁出去以後能回幾次娘家，何必費力不討好，二哥是個活例子，勸她不要冒風險。她毛辮一甩，要致富先修路，沒有風險咋能富？

鄉長開大會表揚水花有開拓精神，叫大家向她學習。水花更來勁了，第二天她挨家挨戶去徵求意見，願意修路的讓他們簽個字，不願修路的也讓他們簽個字，做生意的有多少戶，外出打工的有多少人，願意買車的有多少人，本本上密密麻麻寫了幾大頁。水花心中有了數，然後找社長，把自己的想法告訴了他。社長看見水花笑嘻嘻地走來，不卑不亢，氣也消了大半。

水花毛辮一甩，說先代表哥道個歉，他做事魯莽不注意工作方法，對不起你娘，咱們窮的原因還是交通不便，總不得再窮下去，你看除了我，還有幾個姑娘沒嫁出去？外面媳婦不願來，男人們總不能都單身。路修通了，不是你我的光榮，而是大家的幸福。

「有道理，嗯，有道理。」社長點頭。

接下來水花又說：「我把辦法說出來，你看行不？」

「說說吧。」社長說。

「我徵求了大家意見，百分之八十的人願意修路，百分之十的人要買車，百分之四十的人在外打工，專業大戶有百分之六，生意人占百分之十。有錢出錢，有力出力，專業戶、生意人、買車的多出點錢，你說行不行？」「好，好，好，為什麼我以前沒想到呢？就這樣定了。」

社長想，以前我為什麼沒發現水花呢？誰會想到黃毛丫頭會懂事了，她的點子多，句句都在理。早是這樣路就修成了。水花是片好心，公路修通了，都是社長的功勞，大家的功勞，大家發財，走共同致富的道路。

往回社長態度消極，今天天麻麻亮社長就站在坡上大聲吼：全部上山修公路啊！養豬大戶王大嫂打開門一看，真是社長喊修路，太陽從西邊出來了？她一邊梳頭，一邊問社長：「我家沒勞力，給錢請人行不行？」社長嘴裡叼著煙，瞇著眼睛說：「你去問水花吧。」是社長做主，還是水花做主？水花找社長商量，最後水花一拍大腿，說：「可以，凡是外出打工的、做生意的都可以給錢，一個勞力每天二十元，大家說咋樣？」都說水花主意好，這一條就算定了。

因為有社長出面，大家陸陸續續來了，有的挑泥巴，有的挖土方，有的抬石頭，有的排故障，全社幾十號人一天只能搞幾十米長毛坯子路基。可是如果按這種速度，三五年後才可能通車，大家意見很大。

水花給二哥寫信說：咱們又開始修路了，只是進展很慢……二哥聽說又動工了，心裡很高興，問是誰組織起來的，水花說是社長。他不相信，要親自回家來看看，以前回家他先回自己的家，這一次他首先拜訪社長，而且還買了許多東西。社長很詫異，「你坐麼子想轉了嗎？」「我表示感謝你，將來所有的人都忘不了你，多虧你帶頭修路！」社長接過香煙，嘴巴笑起了豌豆角，眼睛瞇成一條縫，「別感謝我，是水花出了力，是她的點子……年輕人啊，部隊和地方上是兩回事，僅憑熱情、憑幹勁、憑勇氣是不行的……」

二哥沒有生氣，心裡想，我哪些地方不如水花？她一個黃毛丫頭有多大能耐？我不信，他正要去找妹妹水花，恰好碰見幾個農民找社長賠產。二哥對水花說，出去打工吧，你每月至少掙八百到一千元，今後咱們全家往城裡走。二哥！當兵那年你就說將來不把路修通，咱們都不安家，可是你現在變了。誰變了？等咱們成了大款，不要老百姓投一分錢。咱們等不得了，等幾年咱們老了，村裡有些人就鑽土了，老爸老媽多病，說不定哪天一病不起，就看不到山裡通汽車了。水花有水花的道理，二哥有二哥的理由，誰也說服不了誰。

第二天，二哥又回城裡去開他的車，水花仍然修她的路。

野貓村修路引起了鄉長的重視，鄉長大會小會上號召大家向野貓村學習，向社長學習，向水花學習，發揚自力更生、艱苦奮鬥的精神，要致富先修路。新來的縣委書記把此事作為發展經濟的試驗工程，要求在全縣推廣。電視台、報社記者深入實地採訪，社長說功勞在水花，水花說功勞是社長的，他們說該採訪支書、村長。記者問支書，支書說水花功不可沒，村長說社長費了不少力，沒有社長是修不起來的。鄉長說，多宣傳老百姓。水花站在攝像機前很自然地說，要致富先修路。

支部書記大會小會上都誇獎水花的開拓精神，說如果早發現她，早起用她，公路會早日建成。

山裡女人的夢想：農民作家周汝國中篇小說集

　　村裡搞換屆選舉，鄉長指示，水花必須進村委會，還提議做村長候選人。但在排名時還是把村長排在前面，誰知在投票時，偏偏水花選上了。水花卻不幹，主動要讓村長。支書說，這是大家的意思，讓也不行。水花說，我社長都沒當過叫我當村長，那咋行？社長恰好在身旁，早知道我就把社長給你？支書說，喲，原來你不當社長想當村長？大家都笑了。

　　從那天起，水花和黨支書在一起研究工作，在群眾中拋頭露面，一門心思投到了公路上。社長有事找她商量，她還像以前那樣性情直爽，有啥說啥。比如說，沿路涉及樹木問題，過去只定了一個原則，凡是占公路的樹都砍，也沒說賠多少錢，現在突然有人說砍樹是違法的，砍樹必須報批，必須賠償，要不就不准砍樹，不砍樹，就無法修路，怎麼辦？水花說，這事兒非同小可，我先去問問支書。支書說打個報告，請示上級批准就行了。水花說，這事兒包我身上了，社長，你先帶大夥兒修路，我去找鄉政府林業員。水花到了鄉政府，林業員說公路占線太長，砍伐樹木太多，他不能擅自做主，只有找林業局。水花又到林業局，局長不在，只有副局長坐班。副局長說修公路必須報批立項，經縣政府審批，沒有審批我們也不敢同意，誰砍誰違法，違法必究……水花嘆了一口氣，現在才知道修路不容易。

　　路還得修，回來後，水花又去找支書，支書說，你再去一趟林業局，好事多磨，不能氣餒。

　　水花再到林業局，終於見到局長了。局長是個爽快人，聽了水花的講述，當即胸脯一拍，農村修路是好事，我們得支持。他果斷地簽下了水花的批文。

　　水花順利拿回了批文，卻在村裡引起議論。有人說，水花是靠美色勾引局長才拿到批文的，還有人說，他親眼見到水花跟局長一起喝酒。

　　這天，水花回村，剛一跨進大門，老爸紅眉毛綠眼睛地吼，一個大姑娘家，幾天幾夜不落屋，拋頭露面陪人喝酒，你知道別人說些啥？人家說你和局長有勾搭，你還是個大姑娘家，將來怎麼嫁人？

　　村裡有人說，水花用美色勾引幹部，不是好貨色。甚至還有人說，水花當上村長，也是用身子換來的。

水花慪得想哭。她對老爸老媽說，爸，媽，這村長我不當了。

鄉裡通知村長、支書開會，水花沒有去，也沒有請假，鄉長問支書啥原因。支書也不太清楚，只說這幾天她一直沒露面。一位天真活潑的姑娘是啥原因悄無聲息？這幾天修公路的人越來越少，有人說很可能修不成了。社長也氣餒了，因為面前擺著許多實際困難無法解決，據初步測算，路面毛坯修通後，大大小小還有三十六處涵洞，平均幾千元一處也要幾十萬，錢從哪兒來？還要調地、賠償占地農民的糧食、青苗費，沿途竹木損失費，有的農民開始修路時很積極，說起錢就不親熱，出錢是自願的事，路是大家的。

社長去找村支書說要辭職不幹了，支書很生氣，為啥不幹了？水花這幾天也不知啥原因不出面，公路上許多問題沒有解決，關鍵時刻你拆我的台不是？你好好幹著，有啥事兒等我從鄉裡回來再說！

村支書找鄉長彙報，細說了水花和社長的情況。

鄉長板著臉嚴肅地說：「你回去，好好做做村民的思想工作，與水花和社長好生談談，不要把事情搞砸了。你回去吧，啥時把公路修通了，啥時來彙報……」

支書一路走，一路思考，他想要把局勢扭轉，修路工程都這樣了，不能半途而廢。他親自去找水花，水花不在。他去找社長，社長叼著煙說，支書你就別找我了，辭職報告已交給你了。胡扯什麼？想辦法把路修通。算了，別談這件事好不好，反正我不幹了，總之修路我不反對就行了。支書發了一陣脾氣，又緩和下來，還是叫他繼續幹。

社長扛把鋤頭在公路上喊了一陣，陸陸續續來了幾個人，但第二天一個人也沒有，修路的事又擱下來了。

縣裡檢查工作，要求到公路上去看看，可一個人也沒有，領導很不滿意，對鄉長說：要抓緊時間啊！千萬不能影響春耕生產！

鄉長特地到村裡召開村民大會，重點批評村民亂嚼舌根的行為，嚴重傷害了水花的名譽和工作積極性，村民都表示自己錯了。鄉長又重點表揚了水

山裡女人的夢想：農民作家周汝國中篇小說集

花的帶頭作用，讓村民堅決擁護她，把百年修路大計完成。鄉長一通話講完，村民先是沉默，再是一陣掌聲。

會場上，水花重獲村民的肯定，表示願再帶領大家修路。社長見水花願帶頭了，彷彿有了主心骨，也答應做一名「排頭兵」。

第二天，水花又找社長商量，召開群眾大會，鄉長也來了，還派了一名縣幹部駐在這個村，有困難大家想辦法。現在要兩個輪子一起轉，一邊去上面爭取資金，上面動，下面也要動。

駐村的年輕幹部叫許大志，聽了水花的介紹以後，深受感動。他和水花到工地上走了一會兒，聽說路都是農民一鋤挖、一肩扛修起來的，感到驚奇，現在什麼年代了，為什麼還肩挑。當天晚上，他就給舅舅打通了電話，他舅舅是某建築公司的老總，他想租一租舅舅的推土機，明說是租，實際上是借。全村人都來看稀奇，推土機又能挖又能推，修路速度明顯加快了！

水花立即向許大志借手機向二哥報喜。二哥說我當了車隊的隊長，我把所有的車子叫來拉河沙石子和水泥。「告訴大家一個好消息，二哥把十幾台車叫回來拉河沙、卵石和水泥，不要大家投錢。」

大家聽說二哥發財了，還帶個車隊支援家鄉修路，沒有不鼓掌的。

反反覆覆，幾經周折，野貓村祖祖輩輩的夢想實現了。竣工那天，養豬大戶王大嫂殺了一頭三百斤的大肥豬辦了十幾桌酒席，凡是為修公路出過力的都來了，有縣上的、鄉上的領導，電視台、報社記者，敲鑼打鼓，歡歌笑語，有的老婆婆借了孩子們的紅領巾跳起了秧歌舞；二哥帶著十幾輛大車排成一長串，車兩邊還張貼了標語口號：要致富先修路！

大家意想不到的是，水花和鄉長一桌一桌給鄉親們倒酒，有人問水花是什麼酒。水花毛辮兒一甩臉紅了。鄉長笑了，他說，喝吧，喜酒。養豬大戶說，那可不行啊，別打簡省算盤，這酒是我的啊！大家哈哈笑，水花姑娘真精靈呢，不精靈能把公路修通嗎？

鄉長等大家喝足了、吃飽了、說夠了，才做了總結，並徵求大家意見，把這條路定個什麼名兒。大家說修這條路很不容易，有人說叫幸福路，有人

說叫光明路，有人說叫致富路。大家都覺得沒有新意，沒有特色，最後有人提議，誰為這條路做的貢獻最大，就定誰的名字。第一個提到的是水花，但水花提議社長出了大力，有人說支書出了力，二哥出了力，駐村幹部功勞也不小，還有鄉長，沒有鄉長的支持不行，最後大家覺得水花為這條路貢獻最大，因此定名水花路。

紅手絹

年輕漂亮的媳婦死了丈夫以後，偏偏愛上了自己的公公。為了表達她的意思，就故意將紅手絹丟在公公門前，誰知由這條紅手絹引發了一段傳奇的故事。

清晨，康巴起來得早，開門就發現一條紅手絹躺在地上，毫無疑問是兒媳婦的，因為只有兒媳婦才有這種紅手絹，紅手絹曾經是兒媳婦給兒子定情的信物。

雖然紅手絹上沾了些泥土，但是仍然很好看。鮮紅的底色中間是一朵潔白的荷花，含苞欲放的樣子，彷彿正向著他開放，一股濃濃的香水味兒，還帶著幾分女人的體香。他拿到鼻尖聞了聞又趕忙藏到荷包裡，生怕被人發現。

兒媳婦的紅手絹為啥飄落在公公的門前？昨天晚上起了一陣風，也許是風吹來的。不對，昨天晚上明月當空，又沒下雨，咋能起風？再說，康巴雖和兒媳婦住一幢房子，但是他和兒媳婦是一屋兩頭坐，飯是各吃各，隔起好幾間屋子。要不就是昨天晚上兒媳婦從我門前路過，順手揩了汗水沒放進包裡，落在地上了。

兒媳婦的紅手絹曾經是給自己兒子定情的信物，兒子很少用來揩汗水，一直把它藏在貼身處。上坡幹活，出門辦事一眼沒見那漂亮老婆就掏出來看看紅手絹，兩口兒相親相愛，互敬如賓。誰知七仙姑下凡好景不長，兒子外出打工遇難，將他拉到火葬場換衣服時發現身上有一條紅手絹，包著老婆的照片和一張存摺。媳婦用那條紅手絹揩乾眼淚，帶著兩個不滿十歲的兒女回家。

康巴想親自把紅手絹交給兒媳婦，物歸原主。但是，他剛走到兒媳婦門前又望而止步。兒子去世了，自己老婆又死了多年，人家會不會說「不想鍋巴吃圍著鍋邊轉」？兒媳婦咋個想？別人咋個說？那豈不是我自作多情嗎？

再說康巴已擔任村黨支部書記好幾屆了，在女人這個方面他是經得起考驗，說得起硬話的。在部隊給首長當通訊員時，團長的女兒見他一表人才，

山裡女人的夢想：農民作家周汝國中篇小說集

想和他談戀愛，他說部隊有紀律，不准在部隊談戀愛，婉言謝絕了。改革開放初期，人家找他一起進城去辦事，朋友請他進夜總會，小姐問他做不做業務，他不知道是行話，說我是來喝茶的。小姐去扒他的衣服，他把小姐罵了一頓後逃出房間，小姐罵他是個傻農民！傻就傻吧，黨員同志不能違規。作為一個村支部書記，找他辦事求他幫忙的人也不少，難免有女人示好，可是他絲毫不為所動，時刻保持清醒的頭腦。特別是兒子去世以後，他從沒在兒媳婦那兒坐一坐，吃頓飯，說句話，時刻保持著明顯的距離。即使有些事必須告訴兒媳婦，也是透過孫子傳書代信。所以，為了避免影響，少些閒話，他想找個時間把紅手絹交給孫兒轉給兒媳婦。

誰知鄉裡召開緊急會議，為了貫徹會議精神他幾天沒落屋，加上兩個孫孫放暑假去外婆家了，時間長了，他竟把這事忘了。

康巴把紅手絹的事忘了，可兒媳婦沒有忘，她一直在悄悄等待消息。

自從丈夫不幸遇難以後，攀親的，做媒的差點踏斷了門檻，有固定工作的，離了婚的，死了老婆的，也有青頭小夥。不僅因為兒媳婦漂亮而且還有十幾萬賠償金。有的是愛她年輕漂亮，有的是衝著她有房子、有存款而來。兒媳婦認為有工作的人花心，有孩子的人有私心，青頭小夥靠不住，不是為了色就是為了錢，一個也相不中。

這些年來，她覺得公公人品好，身體好，男人只要有了這兩個優點比什麼都強。自從她來到這個家，公公說話有分寸，對於吃的用的也從不計較。他把錢全部花在孫子身上，名譽上各吃各的飯，實際上家裡的油鹽柴米從沒要兒媳婦操過心。

公公這麼多年身體硬朗，當兵的人就是不一樣，很少見他去醫院，下地幹活比年輕人跑得還快，從沒喊一聲累，叫一聲苦。在外面想的是大家，回來想的是小家，從沒聽說亂花錢，在女人面前他一般不開玩笑，和婦女主任一起工作也從不挨到天黑，早早就回家。

丈夫走了以後，很多人給她提親，她都一一謝絕了。因為她現在的處境很特殊，身邊有兩個孩子，將來孩子讀書上學都要花很多的錢，她需要一個

呵護孩子，關心孩子，沒有私心的男人。誰願意承擔起這個家呢？她要考慮成熟以後再做決定。

她不著急，娘家人著急。哥哥嫂嫂、姐姐妹妹從四面八方給她物色對象，可她一個也不滿意。難道三十歲的女人要守一輩子寡？我個人的事我曉得。嫁不嫁人，嫁給誰自己說了算。

紅手絹不是風吹落到她公公門前的，也不是她麻痺大意丟失的，而是經過反覆思考鼓足勇氣，用來表達一個平時內向不善言談的女人的真愛。為了孩子，她做出了讓人意想不到的選擇。當然這是一個既現實又能被人理解的理由，但是僅為了孩子就能把婚姻大事當兒戲嗎？有誰家兒媳婦嫁給公公的？一個年輕漂亮的女人竟敢嫁給自己五十歲出頭的公公，方圓幾十里，從沒有過。而她這個膽量又是來自法律服務所，據說那天她親自去問了法官，法官告訴她婚姻法沒有明文規定兒媳婦不能和公公結婚。

為什麼她對康巴有這種想法？說來話長。

生活緊張那年，外縣遭了水災，她和她娘到康巴村裡逃荒，要飯。天黑了沒有住處，大隊婦女主任說康巴家房子寬，就讓她娘兒倆住一宿吧，誰知道住下來她們就不走了。那時她才十四歲，一個黃毛丫頭，穿著一件舊的紅花衣服。康巴的兒子整整比她小兩歲，他把她當姐姐。家裡很久沒見一個客人，她們的到來讓他感到高興。他拉著姐姐的衣服叫她不走，康巴為難起來，婦女主任說，怪可憐的，反正你沒有女兒，就把她當女兒吧。既然大家都勸他，康巴還有啥話說。

女大十八變，轉眼間一個黃毛丫頭變成了水靈靈的大姑娘，兒子也長大成人。康巴整天忙碌，不是去鄉裡開會就是下隊檢查工作，一天到黑很晚才歸屋，兩個青年男女在長期的交往中逐漸碰撞出了愛情的火花。讓康巴知道時已經晚了，生米已成熟飯，罵也沒有效果，打也改變不了事實。婦女主任做媒舉行了婚禮。

兒媳婦一直從內心裡敬佩她公公，不願離開這個家，從另一個方面想也可以說是為了孩子，為了繼承那幢小洋樓，再過三十年自己成老太婆了，為

山裡女人的夢想：農民作家周汝國中篇小說集

啥不可一家人團團圓圓？作為一個文化不高的農村婦女，她最注重實際，最關注家庭和子女。可就是不知公公是什麼想法。過了好幾天了，紅手絹還沒有消息，莫非被別人撿著了？要不就是公公還在考慮之中。

村裡召開支部大會，康巴去兜裡找眼鏡讀文件，不知咋的，把紅手絹落在地上被婦女主任發現了。婦女主任擠眉弄眼的，大家這個看看，那個瞧瞧，一條紅手絹在下面被搶過去奪過來，大家都在猜紅手絹是誰的。村主任說康巴平時看起來一本正經的，想不到還和別的女人相好。康巴在台上讀文件，台下在議論紅手絹，他蒙在鼓裡，不停地拍桌子：鬧什麼鬧，大家都是黨員，要注意遵守紀律。什麼紀律？背地裡和女人偷情是守紀律嗎？大家一直在分析研究，把村子裡的女人一個個排來排去，是哪個女人的紅手絹？平時有誰發現過？先排死了男人的女人，再排離了婚的女人，還有男人外出不在家的女人，過去作風不好的女人，等等。排來排去，都覺得不是。最後婦女主任說，紅手絹是誰的我知道。村婦女主任因為曾經參加過康巴兒子的追悼會，知道紅手絹的來歷。大家伸長頸子打聽，她說暫時保密。越是保密，越是有人尋根究底。不知哪兒透來一股風，都知道紅手絹是康巴兒媳婦的。

為啥紅手絹在康巴那裡？這成了人們研究的中心話題。有人說康巴很早就和媳婦好上了，說不定從收留她那天起開始的，人家才十四歲，一個黃毛丫頭姑娘呀！給他糟蹋了這麼多年，為什麼沒有人理一理？為什麼強姦少女不犯法？平時一本正經，其實心裡最壞，誰有他的膽子大？只有當官的膽大妄為，霸占民女也沒人告他？為什麼兒子也不敢說他，也許就是看不慣了才外出打工，不外出打工就不會遇難。康巴死了老婆這麼多年一直未娶的主要原因也就在於此。

一條紅手絹算得了什麼？即使是兒媳婦給的又咋樣？可是人家不那麼看，因為兒子死了，兒媳婦沒嫁，難免有些說法。還有，作為康巴來說也有不妥之處，既然知道是兒媳婦的紅手絹為什麼不正面交給她？至少說應該及時處理，身正不怕影子歪嘛！

康巴還蒙在鼓裡，有人反映他生活作風有問題，而且說他一直很壞，害了不少女人，還有人說如果不是他在部隊搞了首長的女兒，早就在部隊提幹

了，回到地方後還是死不悔改。據說村裡有的人知道他好色，凡是找他辦事的都找老婆去打通關口。最可惡的是他對自己的兒媳婦也不放過，兒子拿他沒辦法，可以說是被逼外出打工的。兒子死了，別人來求婚，康巴還阻攔，就是村長找婦女主任說媒也被批評了一頓。總而言之，大家都在議論他，懷疑他。

村裡有人向上面反映這些問題，不知說了多少次，上面一直沒有答覆。每次書記都說，說話要有證據，本人沒有上告，不告不理嘛，即使她本人不說，這就叫一個心甘一個情願，我們重點是看工作如何，人家的工作還是不錯啥！這一次鄉婦聯主席來了也不是直接查他的作風問題的，只是想瞭解一下情況。

兒媳婦剛剛吃了早飯，正在收拾屋子，鄉婦聯主席和好幾名幹部上門來了。婦聯主席還沒開口，兒媳婦就先發制人。其實別人的傳聞她早知道了。公公沒在，正好有了她說話的機會。她兩手叉腰，站在大門口說：「你們今天來得正好，有些話我才好說明白。前天我到代銷點秤鹽打油親耳聽見村長說我和爹的壞話，不就是一條紅手絹嘛，有啥了不起，是我有意丟在爹的大門口，就是要等他表態。」

「我要嫁給他，不曉得他幹不幹，幹也得幹，不幹也得幹，要不我屁股上兩巴掌，把兩個孩子甩給他！」這個他指的是誰，當然是康巴。

「千萬不能那樣，有事商量商量。」

常言說，好事不出門，醜事傳千里。這爆炸性事件成了村人談論的主題。有人說兒媳婦和公公結婚是合法的，也有人說合法不合理，情理不妥。可康巴是久經考驗的，不能因一條紅手絹搞得滿城風雨，沸沸揚揚。在他看來，人的名譽比生命都重要，名譽不僅是政治問題，而且是道義的問題，絕不能因一條紅手絹敗在一個女人手裡，不然今後怎樣有臉去面對親戚朋友？面對組織？面對社會？面對廣大群眾？他要把那條紅手絹找回來，當著全村人說清楚。

康巴有氣，村婦女主任沒有氣，笑嘻嘻地說：「康支書走桃花運呢！好事兒！」康巴火了：「你胡說，再胡說我把你的職撤了，紅手絹在哪兒？快給我！」「別急，別急，紅手絹一定要給你，因為紅手絹本來就屬於你的。」「少廢話，快告訴我。」「你找村長去吧，其實我也只看了一眼，中間是一朵白荷花，黃絲線扎的邊兒。」

　　康巴氣鼓鼓地去找村長。

　　村長一臉堆笑：「祝賀你喲，老康！」

　　什麼意思？康巴很想發脾氣，但是也不好發作，又把火氣壓了下來。他媽的一條紅手絹鬧得滿城風雨。

　　村長把鄉婦聯主席和幾個幹部來村上調查的情況反饋給他，康巴頓時暴跳如雷：「她真的是那麼說的？」

　　「不信你問問他們去吧！」

　　「紅手絹呢？」

　　「鄉婦聯主席早給你兒媳婦了。」

　　康巴掉頭往家走，一路上想著這些年家裡的境況。一家大小穿衣吃飯，孫兒上學花錢都是他在張羅。名譽上和兒子兒媳婦分家多年，但實際上還是在花一個櫃子裡的錢。因為兒子、兒媳婦、孫兒都是自己的，錢不給他們用給誰用？兒媳婦難產，兒子不在家，他深更半夜送到醫院，從家裡到縣醫院三十里路而且要爬坡上坎，因不通車，只好用兩根竹子捆著農村乘涼用的木椅，扛著兒媳婦飛跑。他左肩換右肩，汗流浹背，腳酸腿軟，一直把兒媳婦送到縣醫院婦產科。沒有錢，他又去借錢掛號。

　　他家距小學有三四里山路，孫兒上學要人接送，兒媳忙不過來，大多數時間是他接送。有一回下暴雨，他去接孫孫，從岩上跌下來腳痛了半個月。

　　他一邊走一邊想，平時間他對兒媳婦那麼好，想不到她竟然當著鄉上的幹部說出那種話來。那不是好事，而是害了我，人家咋個說？三親六戚咋

看我？孫兒怎麼叫我？他們長大了對我是啥看法？他們那一代怎樣去面對社會？

開始他埋怨兒媳婦讀書太少，素質不高，頭腦簡單，心不想事，不知道說話的份量。據說是當著鄉幹部的面說，幹也得幹，不幹也得幹。明顯是來威脅我，強迫我。她都沒想一想，強扭的瓜甜不甜？不明白她找我幹什麼？這個女人說得那麼義無反顧，愛得那麼拚命。

康巴就害怕不要命的女人，他從來沒想到兒媳婦會當眾說出那種話來，而且是那麼直接，確實令人感到突然。康巴工作這麼多年，遇到多少問題，他都能妥善解決，現在面臨著自己家庭中的問題卻束手無策，這樣想著，他沒有回家而是徑直朝兒媳婦家中闖去。

兒媳婦想把自己的想法告訴娘家人，讓娘家人給自己做個主。娘家哥哥嫂嫂、姐姐妹妹都罵她不要臉，這種事還好意思開口，你不要臉咱們要臉，以後就永遠莫踏娘家的大門。娘還說嫁出去的女，潑出去的水，就當沒有生你養你。全家沒有一個人理解她，沒有一個人支持她，就連她的么爸也說她缺少教養，大逆不道，感覺自己的臉沒處放。她受了一肚子氣，連飯都沒吃就流著淚回家了。她希望能夠得到公公的支持，誰知一踏進門就看見了陰著臉的公公。

過去康巴在兒媳婦面前總是注意分寸，該說的才說，不該說的不說，他也知道兒媳婦在這個家庭中的重要作用，再說他也從未發現兒媳婦的缺點，也很少發過脾氣。而今天，他板著臉，進門就像有一場暴風雨要來臨。

「你說，爹哪些地方對不起你？這麼多年我批評你沒有？你當著鄉幹部的面毀了我的名聲，為什麼你不好好想一想，啥時你跟我商量過？咱們現實嗎？」

兩個孩子爬在兒媳婦的大腿上，兒媳婦低著頭，像是心甘情願讓他罵。

「你老實告訴我，那紅手絹是不是你故意丟到我門前的？」

兒媳婦抬起頭：「你既然曉得了為什麼藏在身上不表態？不表態就是默認。我是你兒媳婦咋好意思直說嫁給你？你幹不幹？還有，既然你明白了意思，為什麼讓人知道，到處宣傳，全村人誰不知道你有我的紅手絹？」

康巴從來沒想到一貫不愛開腔的兒媳婦今天如此大膽，而且說得有條有理，好像這場風波主要是自己造成的，如果再僵持下去恐怕對自己不利，最後他明確說：「咱們的事是不現實的。」

兒媳婦說：「我也直說，你撿了我的紅手絹沒有及時給我，而且在群眾中造成了影響，我要到法院去告你，破壞了我的隱私權……」

「你不要臉！」

「要臉就不要孩子！」

「不要孩子，你走吧，我不看到你更好，你她媽的喪門星，害死了我兒子，還想來害我……」

兒媳婦剛從娘家受了一肚子氣，不僅沒有人理解她，這會兒反而遭到一場殘酷無情的打擊，她哪能受得了？

她想你不但不懂得我的心意，反而罵我是喪門星。喪門星這句話真的傷透了她的心，她哭了一夜。

第二天清晨，康巴聽到兩個孫孫的哭聲後才知道兒媳婦丟下孩子出遠門了，這時康巴趕緊拿起手機給兒媳婦打電話：「你回來吧，我們可以好好商量。」

對方沒有回話，只聽見嗚嗚的哭聲。

二叔的命運

　　二叔個子高，人又瘦，自然大腿顯得長。因為腿長，走路特別快，到學校讀書總是走在同學們的前面。在學校田徑運動會比賽時每次都跑在第一，縣裡舉辦學生運動會，他也是名列前茅，成了學校的驕傲。

　　遺憾的是二叔各科成績均不及格，數學成績更是羞於見人。難道真是個不識數的人？並不是他智力差，而是他思想不集中，家庭困難，家裡活兒多，假日裡我很少見他摸書，不是幫家裡割草放牛，就是跑到河邊去摸魚，要不就到田裡捉黃鱔。家門口出去就是一溝水田，一塊接一塊一直通往溪河，只要田裡不乾，河裡有水，這裡一年四季就成了他打魚摸蝦的場地。

　　夏天，他只穿條短褲，赤身裸背，無論太陽如何毒辣，他天天下河摸魚，從河堰口到上河盡頭，至少也有七八公里，齊腰深的水，十幾米寬的溪河好不容易才能捕住一條魚啊！那時連電瓶打魚都不會，又沒捕魚的網，的確網也買不起，吃油鹽都成問題，哪有錢買網？二叔僅憑兩隻手沿著溪河兩邊摸索，的確不容易，可是也偏偏有魚不小心碰上二叔的手。只要能逮住一條魚，他的興趣就來了，火熱的太陽和饑餓統統忘了。一個夏天以後，二叔的背就像農村用樹丫熏過的臘肉一樣黝黑，雨點落在背上像一顆顆亮晶晶的珠子往下滾。冬天別人閉門不出，坐在屋裡烤火，他脫了鞋襪下水田捉黃鱔。因為上身一般穿有棉衣，他就脫掉一隻衣袖，然後把內衣挽齊肩膀，清鼻涕不斷往外流，因為手上有稀泥巴，不便揩鼻涕，只好不斷噴氣呼鼻，時間長了成了習慣，總是難以改掉，吃飯、喝酒或和別人談話時，老是呼呼鼻子。

　　近水知魚性，近山識鳥音。慢慢地，他總結出了經驗。什麼時候魚最肥，什麼時候魚最瘦，什麼時候魚好捉，什麼時候魚好動，水深水淺，春夏秋冬，一天分幾時，早、中、晚魚兒咋樣，他都瞭如指掌。他說大麥黃、胡豆老，魚兒餓，好釣，但是很瘦。水稻收割時魚兒跑得快，冬天魚兒肥，不好動，常常躲在隱蔽的地方，草堆裡或腳印窩，夜晚打火把魚兒不動。溪河捉魚分三伏，頭伏天魚兒腦殼洞邊逛，二伏天魚頭朝外，三伏天魚頭朝內，一般三伏天在溪河捉魚比較穩當。

山裡女人的夢想：農民作家周汝國中篇小說集

　　二叔把心用在打魚撈蝦方面去了，哪裡有心思認真讀書嘛！母親常年有病，一年四季都抱著一個藥罐，幾乎都是靠二叔捉魚撈蝦賣了給他娘拿藥。二叔捉那麼多魚自己從來沒有好好喝過一口魚湯。不是不想喝，而是捨不得，一切都是為了他娘。

　　他九歲才開始上學，小學六年，初中三年，是個大齡學生，比老師還高，自己也不好意思讀書了。鄉裡剛剛開了徵兵工作會，二叔就找連長報名，連長打量了他一下說，你這個身體行嗎？二叔把田徑運動會上的獎狀給他看了，連長說，行，你去試試吧。全村共有十幾個身強力壯的青年參加體檢，只有他合格。

　　聽說二叔參軍體檢合格，他娘笑彎了眉，軍屬老太婆多麼光榮，彷彿病也好了。昔日受盡委屈的爹從椅子上站起來了，彷彿出頭的日子到了。那年豬肉憑計劃供應，政府不許農民自宰年豬，二叔爹深更半夜私宰生豬，被鄉上的夜巡隊拿獲。第二天鄉裡幹部把豬頭掛在他身上遊街示眾，爹受到極大的委屈，這事他一直記在心上。集體食堂不准私人開火，牛吃胡豆梗，他找到半碗胡豆，私自開火煮食，被發現後在大會上做了檢討，如果家庭成分不是貧農，還可能要挨批鬥。誰報的信整了他，他都清楚。有這種背景的人誰同意他兒子當兵？黨委書記是個兵哥子，他堅定地說，只要歷史清楚，不要誤了青年人的前途。村長拍著二叔的肩頭說，你給咱村爭了光，在部隊好好幹，希望以後再不要回到我們這窮地方。二叔沒有開腔，只是傻笑，連謝謝也沒說。全村人敲鑼打鼓把他送到村口，我看見他悄悄抹眼睛，我也跟著掉了眼淚。

　　二叔參軍後不久，部隊派來兩個小夥子，找黨支部書記調查二叔的情況。有的說二叔要提官了，不是排長就是連長。當了排長以後就拿固定薪水了，還可帶家屬農轉非，退伍以後國家安排工作，端國家鐵飯碗。有這樣的好事，誰不羨慕。左鄰右舍來串門的多了，十幾年沒走動的親戚也上家來了，主動託人攀親的姑娘就有好幾個，有當官的女兒，有有文化的高中生，據說還有正式單位拿固定薪水的女青年⋯⋯

反正村裡人都知道二叔在部隊是個軍官，有的說是排長，有的說是連長、團長、營長……大家都說二叔家祖墳上有棵彎柏樹或有棵彎竹子長正筍子，光宗耀祖啊！

三年後二叔回家探親，二叔人高馬大，紅光滿面，精神抖擻，還專門請了一個搬運工扛回一個大皮箱。娘悄悄用手試了試重，高興得炒菜忘了放鹽，燒火忘了添柴……後來二叔打開一個大木箱，原來是一個長江牌半導體收音機。二叔立即派人買了十六節一號電池，全村人都跑來看稀奇，聽中央廣播電台的新聞和歌曲，祖祖輩輩從來沒見過這玩意兒，一個木箱子會說話會唱歌。有的老大爺還看了又看摸了又摸，一個個聽得入了神，捨不得走。二叔派人買了三次乾電池都還未能了大家心願，他娘忙燒開水，二叔忙散煙散糖，走了一輪又一輪，直到深更半夜、日落星稀。

常言說，火不燒山地不肥，人不出門命不貴。二叔當兵才幾年，說話像個理論家，滿口的馬列主義、毛澤東思想，《為人民服務》和《愚公移山》能把全文一字不漏背得溜熟，什麼是社會主義呀、共產主義呀、理想呀、前途呀，以及人生觀、世界觀，等等，一套一套的，那時農民哪讀過這些書，都說二叔像個當官的料，將來會有出息。

他爹在舊社會受夠了苦，後來又受了些委屈，一輩子為口飽飯而努力，在他看來，什麼是社會主義，什麼是共產主義，吃得飽就是社會主義，有吃有穿就是共產主義，要不是二叔回來帶了幾十斤全國糧票，客人連稀飯也沒有，他罵二叔是在高談闊論。二叔說，你不信嗎？蘇聯早就實現了共產主義，爹問他吃的啥，他說羊腸花生米，列寧說，我們在困難的時候，只要堅持下去就是勝利，麵包會有的……

短短的半個月假期裡，起碼有十天都有人上門來給他說媳婦。今天張家媒婆引一個姑娘，明天李家又上門來。二叔一再跟娘說，現在我們條件不成熟，我的工作很忙，人還年輕，要以事業為重，娘當著二叔的面問是工作重，還是終身大事要緊？背地裡娘巴不得媳婦早點到屋。本來生活都緊張，現在娘抱孫心切，又花些空錢。

他爹以為二叔要給家裡些錢，誰知回部隊時還借了路費。

山裡女人的夢想：農民作家周汝國中篇小說集

　　轉眼八年過去了，部隊派人親自把二叔送回家。二叔穿著軍裝，只是沒有帽徽、領章，一個鋪蓋卷和兩大箱毛主席著作，他還把去軍區學習毛主席著作時獲得的積極分子獎狀貼在房間裡。娘問他轉業安置到哪個部門，他說聽上面通知唄！爹問他轉業多少錢，二叔把爹批評了一頓，咱們當兵是為了掙錢嗎？開始當兵時六塊錢一個月的津貼，退伍時每月三十塊……七七八八加起來也不過幾百塊……當官就這點錢？誰說我當官？不是部隊還來人調查政歷嘛！那是入黨政審，根本沒那回事。後來才知道二叔是學習毛澤東思想積極分子，代理排長，一直到退伍。他說，退了伍就是老百姓，就是農民，和你們一樣，參加農業生產。我是共產黨員，就必須服從組織安排。

　　二叔退伍時，年齡隔三十不遠了，又聽說是退伍還鄉了，昔日那些曾經追求他的姑娘又嫌棄他起來。唯有李家姑娘不怕窮，聽說二叔退伍了，她在車站等了一天一夜，終於和二叔一起回家了。

　　他爹說，農村不適應部隊那一套，部隊的工作作風在農村行不通，肚兒都填不飽還學什麼馬列主義。

　　二叔退伍第二天，就捲起褲管下田栽秧，大家都說農村正缺勞力，真是好樣的。黨委書記下鄉檢查工作，問那位穿軍裝的是誰，社長說就是當年私殺年豬被遊街那戶人的兒子，是你拍板讓他當的兵，思想先進呢！昨天回家，今天就下田，真是好樣的。書記很滿意，但是沒有找他談話，二叔正在田裡栽秧和別人比賽，他沒在意，書記站了一會兒就走了。

　　二叔還是改不掉老毛病，老是呼鼻子，和別人聊天總要說些農民沒聽過的國際國內新聞，講一些馬克思列寧主義，常用毛主席語錄解釋一些群眾問題。他常說：我們的同志在困難的時候要看到成績，要看到光明。

　　不久，鄉上突然來了個通知，叫二叔到公社開拖拉機。全公社就只有一台拖拉機，當兵的人那麼多，就二叔被選上了，的確萬幸。那天早上二叔正準備擔糞上坡，因糞桶繫斷了，他就拿把彎刀進竹林，準備重新整個糞桶繫，社長喜滋滋地送通知來了，娘說怪不得今早晨雀兒叫得早，喜事兒來了。

公社買的一台拖拉機，實際是來拉農用物資搞生產的。公路是土路，天晴一把刀，下雨一包糟，坑坑窪窪，高低不平，有時拖拉機陷在坑裡還要連推帶拉。可是村裡人沒有見過，有的摸了又摸，還有的不顧老命往拖拉機上爬。常常是一車貨一車人，二叔無論如何解釋人們就是不聽，勸下去又爬上來，罵也罵不走，趕也趕不跑，有的甚至跟著拖拉機跑很長一段路都不甘心。

二叔向書記反映，擔心遲早會出事。書記拍著二叔的肩膀說，咱們當兵的就喜歡直來直去，誰不聽勸告壓死了自己負責。二叔就需要這句話，但是鄉親們就是不怕死，一個勁兒往上爬。這也難怪老百姓，沒有坐過汽車，咋能制止得了，如果這種情況不改變，總有一天會出事的。

果然出事了。那天剛下過雨，拖拉機拉著一車石灰準備給桑樹刷白，迎接縣裡的蠶桑生產，一路上老百姓還是往車上爬。拖拉機陷進坑裡了，二叔加足馬力，車吐著黑煙，一退一上，二叔不斷加油換擋，顧前不顧後，退下來時壓死一個人。

人死為大，二叔無論有多高的馬列主義理論水平也說不過去。死者的親屬來了幾十個人要二叔賠命。警察迅速趕來開展調查，公社、大隊的領導都來了。公路兩旁的群眾都來看，大家議論紛紛，有的說二叔技術不過關，還有的人說二叔不懷好意，那年他爹私宰年豬被遊街，死者的爹還在任生產隊長，說不定是公報私仇。二叔老婆剛剛懷上孩子，聽到這不幸的消息哭得死去活來，他爹急得團團轉，埋怨二叔不該當兵，不該學習駕駛技術，如果不開拖拉機就不會遭這場大禍。

公社幹部、大隊幹部一起給死者家屬做思想工作。書記站在高高的大壩上嚴肅地說：鄉親們看到了吧！今後凡是私自爬車壓死的一律自己負責……軟硬兼施終於把死者拉到火葬場。

自從那以後，二叔就丟了方向盤回家種田。公社黨委書記說：「不開車也好，回去當村支部書記。」二叔呼呼鼻子說：「老戰友，你就死了心吧，讓我當一個普通老百姓過點平靜日子吧。」書記說：「那不行，共產黨員必須服從組織安排，平時馬列主義、毛澤東思想一套一套的，關鍵時刻還有什麼可說的。」當就當吧，但是總得為老百姓辦點事。書記要聽他的宏圖大志，

山裡女人的夢想：農民作家周汝國中篇小說集

二叔說從村口修一條水泥路到鄉政府，然後我貸款買一輛汽車，有條件的話再搞一個公司，農用物資送到農民家門口，農民賣糧食送肥豬門前就可交貨，錢直接送到手上。「對！這個點子好，我支持你！」書記說。

二叔召開黨員大會，又把馬列主義、毛澤東思想講了一遍，然後從國際形勢講到國內形勢。他呼呼鼻子說形勢大好，我們即將進入新的歷史時期，所有的生產方式都要改變，農村經濟體制要改革，所有計劃都要取消，將來吃什麼有什麼，各盡所能，各取所需，真正的社會主義、共產主義就要實現。

死者的爹也參加了黨員會，他當場反對，說別在那兒唱高調。村裡支部書記換了幾屆了，誰把大家肚兒填飽了！實際點行不行？如果要實際，大家聽我的，二叔找幾個社長把公路的線畫了，攤到各社去，不論你採取什麼措施都行，保證暢通，責任到人。

二叔忙著修路，家裡說老婆臨產，叫他趕快回去。他說有娘照顧就行了。爹在醫院只有最後一口氣了，隔縣城三十多里，沒有車，二叔趕忙到鄉上找老戰友。

書記不在，正好自行車空著，招呼沒打一聲，二叔就騎著車子往縣城趕，趕到醫院裡，他爹早已沒氣了。二叔呼呼鼻子，輕輕蓋上了爹的臉。人還沒進火葬場，家裡來信催得急，說老婆難產，大人可能保不住。二叔又連夜趕鄉下，孩子保住了，老婆去世了。

二叔的人生中從沒有受到那樣慘重的打擊，據說他三天沒吃飯，七天沒說話。

公路修通了，偶爾來輛拖拉機又把路刨起雞窩湯，千辛萬苦修一條路現在勞民傷財，除非修水泥路不可。水泥要錢、涵洞要錢，農民說起錢就不高興。二叔呼呼鼻子說，我們的同志在困難的時候要看到成績，要看到光明，堅持就是勝利，辦法總比困難多。誰願買車誰就出資，誰受益誰負擔。大家說，今後的政策誰說得清楚？二叔說目前形勢大好，鄧小平南方談話指明了方向，敢闖、敢試、敢冒險才是一條好漢，沒有風險哪能賺錢。他找信用社貸款，信用社主任說，凡有老貸款的一律不貸。二叔找書記出面，貸了款還

了拉碎石的錢，然後他買了一台三輪車，白天黑夜都有生意，別人眼紅也跟著買三輪車，到大家都買三輪車的時候，他已大賺了一把，丟了三輪買龍馬車、四輪車、東風車⋯⋯

二叔是全鄉第一個買東風車的人，也是勤勞致富的帶頭人。鄉黨委書記向上面彙報將二叔作為農村經濟發展的典型例子，每次在大會上都號召大家向他學習，並將二叔推選為縣勞動模範，戴大紅花，讓他講致富經驗。

快滿四十歲的人了還真走鴻運，好戲連台，攀親的姑娘不斷找上門來。二叔死了老婆後，幾乎沒有媒人上門，人家都嫌他有個兒子，一起過日子不快活。二叔說，誰要是另有想法，就別提這門婚事，第一個條件就是要讓兒子考上大學才能再生孩子，有意者咱們可以考慮。大家都說二叔富了以後太驕傲，他說一點也不過分。

儘管條件苛刻，還是有女人敢冒風險，把愛情做賭注。新來的女人姓馬，三十多歲，她有一女兒，丈夫外出打工不幸遇難，廠方賠了十幾萬，攀親的小夥子絡繹不絕。可她一個也相不中。對二叔的選擇，是她自己找人介紹的。見面那天，二叔開口又給人家講馬列主義，小馬忍不住笑，反而覺得二叔有修養有水平，嫁給這樣的男人才幸福。

結婚那天晚上，小馬依偎在二叔懷裡，整整聽了一夜的馬克思主義，似乎她的人生才剛剛開始，彷彿她才真正認識到什麼是愛情，什麼是幸福⋯⋯

結婚以後，二叔的精神好多了，家裡的事不用管了，他要為自己的目標而奮鬥。我為什麼不可以組織一個汽車隊？為什麼不可買客車？為什麼不可辦汽車運輸公司？

他找老戰友商量。書記想了想說，目前辦公司還不現實，乾脆先建立一支汽車隊。第二天二叔和老戰友在縣城打聽了一下，當兵的駕駛員有幾大桌，現在開車的也有七八個，有人提議乾脆就叫退伍軍人汽車隊，以後成立汽車連或退伍軍人汽車運輸公司。

客運公司覺得幾個兵哥子想端他們的飯碗，找交通管理局提意見。誰知局長也是個當兵出身的，他說只要有駕駛證，接受管理，手續合法為啥不可以？

　　二叔很快聯絡幾個戰友組建了退伍軍人汽車隊，老百姓認為，當兵的信得過，技術過硬，二叔的生意紅紅火火……

孤兒奶

　　一個大雪紛飛的日子，孤兒奶黃香姑死了，用繩子吊死在牛棚裡。兒子黃大學從美國趕回家時，只看到一個低矮而不顯眼的墳堆，他傷心地哭了一場。路過的村民都為黃香姑流了一把淚。

　　為啥叫「孤兒奶」？過去女人沒正式舉行婚禮生了孩子，男人不敢承認，女人又沒再嫁，母親和孩子獨立生活，這樣的女人被稱作「孤兒奶」。

　　黃香姑就是孤兒奶，也有人叫她黃連姑，說她像黃連一樣苦。她出生在渝西東北部一個偏遠小村莊——黃家村黃家大院。全村一千八百多人八成都姓黃，即使不姓黃的也和黃家沾親帶故。由於黃家是大姓，宗派勢力很強。有人給黃香姑看相，說人倒挺不錯，就是眉毛長壞了，又粗又黑像兩把刀，不克爹也要「殺七夫」。啥叫「殺七夫」？按迷信的說法要嫁七個丈夫才能到老。一旦嫁人，丈夫不是病死就會遭岩崩樹打、雷擊天殺。這樣的女人誰敢和她成親？女人本應細眉柳腰，哪能粗眉大眼，五大三粗？黃香姑還不到十六歲，一雙眉毛又黑又濃，倒豎其間，像楊二郎下山，兩個奶子像結過婚的女人，又高又大，真有些與眾不同。特別是她那陰沉著的臉從來沒看見過笑容，虎視眈眈，寒氣逼人。不知是天生的自悲還是別人借了她的米還了糠，神情裡總是帶著一種不滿，眼睛裡像是在恨人。

　　以前農村十五歲的姑娘就開始定親了，黃香姑二十多歲了卻無人問津。誰見她那副模樣，都感到有些壓抑，再說她也從不與外人交往。有一回村裡放電影《白蛇傳》，娘說你去嘛，露天電影又不要錢，大家都去了。黃香姑說你去嘛，我守屋。在她看來什麼都難以引起興趣，生活沒有一點新鮮感，一年四季天晴落雨都是割草放牛。她從小學開始就一直背上一個背簍，從小牛到老牛、從老牛到小牛，日復一日、年復一年去割草。農村有句順口溜「丫頭丫頭，背個背簍，割背草草，餵頭牛牛，牛牛大了，丫頭嫁了」。村裡的姑娘一個個都嫁了，黃香姑還沒嫁。爹說，不嫁也好，多給老子掙工分。那時集體生產，靠工分吃飯，養牛最划算，一年三百六十五天都有工分，比壯勞力的工分還高。

山裡女人的夢想：農民作家周汝國中篇小說集

男人哪知女人的苦處，娘指著爹的鼻子說，你只知道掙工分，你看人家同齡的都生孩子了，我家姑娘還沒個著落，難道你要留她在身邊一輩子？爹說，你就不怕人家罵你？如果出嫁後要死男人，那就乾脆莫嫁算了！

黃香姑好哭，娘說你哭啥嘛！東方不亮西方亮，慢慢來嘛！世上的單身漢多的是，瞎子、跛子難道都碰不上個？但是，眼看已二十好幾的人了，牛大一年，人老一春，歲月不饒人，女兒眼角的魚尾紋都有了。

黃香姑自己還感覺不到，但娘感覺到了，別人感覺到了。眼下是趕緊找個男人嫁出去。

那天逢場，娘叫黃香姑收拾收拾去看人戶（渝西方言，指相親）。男方是李家寨村支書的兒子李大貴，比黃香姑要大好幾歲。黃香姑不同意，她娘說，你懂啥？過去有句古話，只准男子大十歲，不准女人大一春。男的比女的大才靠得住。黃香姑一眼看見李大貴那瘦弱的個子心裡就不舒服。介紹人說李大貴有文化，是社裡記分員。集體生產年代，記分員的權力確實不小，因為大家都靠工分吃飯，以工分計算口糧，折算現金。

黃香姑把娘拉到一邊說：「娘，我看那人有病。」娘把女兒狠狠盯了一眼，吃得下飯走得了路有啥病？人家又不瞎眼跛腳你看人家磚壁頭大瓦房的，爹又是村支書，虧不了你！那時說起磚瓦房也稀奇，村裡大多數人家的房子是石柱頭，哪家姑娘相親，都要首先看男方有幾間房子，幾擔稻子。

聽說李支書兒子定親，村裡幹部、三親六戚都來了，還特意辦了幾桌酒席。雖然李大貴人才欠佳，但也很體面，在村裡也吃得開，左鄰右舍誰不知道他是李支書的兒子。

黃香姑還想說什麼，她娘說你個人的事個人明白，就這樣定了。老娘當著大家的面喝了一杯定親酒，黃香姑只好勉強表了個態輕輕點了頭。不久，在娘的威逼之下，黃香姑就和李大貴領取了結婚證。

中秋節快到了，農村時興請未過門媳婦到男方家過節。既然是過節，男方要買些禮品到老丈人家接媳婦，而且要買新衣買新鞋，送「打發錢」。那時候，農村沒現在開放，女的到男方家還不能單獨行動，每次去來還要父母

護送。為啥要護送？她娘說現在年輕人「啥都懂，懷起娃兒過門不光彩，說爹娘沒家教」。

這一次她爹外出買牛去了，家裡母豬產仔，她娘離不開身，只好讓黃香姑獨個跟著李大貴去他家過節。

往回黃香姑去李家不是和李大貴的娘睡就是和他妹妹一起睡，今晚她被安排到李大貴的房間。開始她有些膽怯，老是睡不著，但是畢竟翻山越嶺走了十幾里山路，太疲勞了。正當她睡得最甜時，突然感到身上像被什麼東西壓著了。黃香姑想喊，可是喊不出來。開始她與李大貴掙扎了一會，採取無聲反抗，但是她又想如果再堅持己見，怕將來影響兩個人的感情，於是她閉著眼睛，淚水輕輕從眼角流出。誰知真正的幸福還沒到來，李大貴就疲軟地趴她身上，一聲接一聲地喘著粗氣，後來才知道，他有風濕性心臟病。

但是現在後悔已來不及了，結婚證都領了，生米已成熟飯，只好將就過日子。李大貴自從那以後一直感到自己無能，有福不會享，枉活了一世人，一點男人氣概也沒有。

黃香姑結婚那年冬天，天下著綿綿細雨，陣陣寒風刺骨。李大貴的心臟病越來越嚴重，他沒有什麼後悔，只有抱歉，經常久久地望著黃香姑，淚水從眼角流出，嘴角蠕動了幾下，彷彿是向她道別，向她道歉。其實黃香姑早已不抱怨了，只覺得自己是那個命，而最擔心的就是李大貴的病。雖然他活著對她來說是個負擔，是個拖累，但畢竟是夫妻，一日夫妻百日恩。因此，家裡雞下的蛋幾乎全給李大貴吃了，賣了肥豬的錢也都給李大貴買了藥，凡是聽說哪裡有名醫能治好他的病，她千方百計都要去請醫拿藥。她希望他早日康復，她希望他像別的男人一樣身強力壯，享受男人應該得到的幸福。但是她的一切努力都無法治好他的病。也許這就是命運，緣分已盡，她流著淚從荷包裡拿出手巾，輕輕地蓋上了他的臉。

李大貴死的時候剛滿三十三歲，而黃香姑才二十五歲，年紀輕輕喪偶，這輩子咋過喲。有啥不好過的，窮山溝單身漢多著呢！多又能咋樣？那女人眉毛藏刀，滿臉殺氣，八字先生早看過相，她八字上剋夫，要殺七夫才能到老！誰不怕死？雖說是迷信，卻也有人相信，李大貴就是活例子。陰溝裡突

山裡女人的夢想：農民作家周汝國中篇小說集

然吹起一股風，吹得神乎其神。有人說李大貴不該娶黃香姑，婚前李大貴還好好的，婚後病也多了。李支書也覺得有些奇怪，未娶媳婦之前，李大貴除了記工分還常常下地幹活，雖然也曾經生過病，但不至於丟命吧！可是人家黃香姑的確也不錯，除了下地幹活掙工分，回家還要做家務，為兒子請醫拿藥也從沒怨過。對公婆也是那麼孝順，衣服全是她洗。說實話，這兒媳婦是他看上的。那年公社評選養牛模範，各村要選一名代表參加比賽。黃香姑養的一頭大水牛，膘肥體壯，油光水滑，奪得了全公社第一名，人見人誇，不過那時她還不到十六歲。李支書一直打著黃香姑的主意，於是他就放出話來誰要是把黃香姑牽到家給他做兒媳婦，就給一百二十塊現金和三十斤豬頭肉。當時的一百二十塊錢比現在一千二百元還值價。農業社一個勞動力一日只有幾角錢。說起豬頭肉就更難得，那時候，只有栽秧打穀，逢年過節才供應一點肉，餵的肥豬也要先國家後自己實行賣一留一的政策。

果然重賞之下必有勇夫，這門親事說成了，也算了卻了支書一樁心願。可是好景不長，剛進門不到一年兒子病故，最大的遺憾是沒有孫子，只要有了孫子就可能留住兒媳婦。

現在最難的是留住兒媳婦，可是死了丈夫再找男人是她的自由，總不能說年紀輕輕的在你家守一輩子活寡吧。他翻來覆去睡不著，左思右想，如何留住兒媳婦，辦法終於來了。

他輕輕來到黃香姑的房前，「篤篤」敲了下門。「誰？」「是我！」聽到是爹的聲音以為有啥事黃香姑開了門，誰知李支書進門就死死將黃香姑抱住。誰不知道她身高力大有的是力氣。未經她同意休想侵犯她，就是兩個男人也莫想鬥得過她，李支書不僅沒有得逞，反而還挨了一耳光，李支書惱羞成怒。

第二天，黃香姑收拾了幾件換洗衣服就回娘家了。爹以為她住些日子就要回去，可是她一直不說回家的事。爹一輩子愛財，生怕別人占他的便宜，女兒多住些日子他不高興了，不是拍桌子，就是摔板凳。黃香姑哭著說：「爹，我不回去了。」「不回去？你總得把遷移戶口要回來分口糧吃！那老烏龜不給？那倒好，他龜兒子占便宜，老子供口糧。」娘說：「女兒已經落到這個

田地了，你吵啥吵？他有權，你把人家奈得何？就讓他多得點糧吧！咱們省一點不就過了嘛，得找個合適的男人嫁出去就好了嘛。」

娘為女兒的事非常著急，到處托媒為女兒找男人，但是人家一提起黃香姑就害怕她剋夫。娘說：「現在新社會不信迷信。」媒人說你不信，別人要信，就連李支書是個黨員也說她剋夫，誰娶誰倒霉。娘說現在人的身體第一，健康就是福，其他不作為選擇條件。

媒人汪大嫂有了辦法，陳家大院有兩個單身漢都未成親，陳二娃父母過世早，經常在街上下苦力，一年四季沒見吃過藥，身體挺不錯，可是家裡那破瓦屋早已年久失修，四壁通風，看你幹不幹？娘說窮怕啥喲。好兒不受爺田地，好女不穿嫁妝衣。我當初嫁給她爹時還是兩間茅草房，人窮志不窮，穿不窮，吃不窮，不會劃算一世窮。只要人勤快，還愁一碗飯吃？黃香姑說我是天命，不嫁。汪大嫂說，死丈夫嫁男人天經地義，自古寡婦門前是非多。再說李大貴是害病死的，又不是你害死的。雞鴨下個蛋都給他吃了，豬兒賣了錢也給他看病，你已經盡職盡責了，只怪他只有那麼長的壽年。天要下雨，你攔得住？山要蹋，你撐得起？黃香姑想了想，哪怕有個木腦殼，也沒有人敢說閒話，罵寡婦。陳二娃來到黃家時，真的使黃香姑解除了後顧之憂。黃香姑覺得他渾身都是力氣，有使不完的勁。每天早早起床，挑著籃子上街去了，晚上回家來不是買塊肉，就是提瓶酒。爹見陳二娃回來，心頭就高興，家裡少長缺短，他順帶就給買了。黃香姑真正體會到什麼是「嫁漢，嫁漢，穿衣吃飯」了。每天她依然上坡割草放牛，回家來洗衣煮飯，等男人回家。

每天夕陽下山的時候，黃香姑都要坐在門前望著對面山上那條彎彎曲曲的小路，等男人回家吃飯。她覺得這是女人應該做的事，她覺得這就是女人最大的樂趣。她希望每天他高高興興、平平安安回家，一家人團團圓圓。

可是那一天，她丈夫一直沒有回來。她很著急，莫非出事了？他能出什麼事？黃香姑打起手電筒滿街找，都說親眼看見陳二娃回家的，可是人到哪兒去了？黃香姑從街上過小橋，從上河壩到小溪邊，沿著回家的路嗓子喊啞了，一對新電池用完，還是杳無音訊。該不會遇車禍或遭暗殺吧？據說今天翻了一輛車，但是傷了人卻沒有致命的。醫院根本沒有他的名字。你說遭暗

山裡女人的夢想：農民作家周汝國中篇小說集

殺吧，他人一個命一條，身上沒有錢，下苦力又不得罪人，誰會打他殺他？忽然，黃香姑想起來了，她聽說今天派出所抓了幾個做臨工的，他們賭錢，全部關在派出所，每個人罰款一千元。黃香姑去派出所一看，果然，其中就有陳二娃。黃香姑狠狠地罵了他一頓，回家來向爹借錢。說起錢，他爹暴跳如雷，聽說女婿賭錢遭了罰款，更是怒上加怒：「當初我說陳二娃不誠實，你不信，現在我可管不了！賭兒不賭除非鑽土，隨他去吧。反正沒扯結婚證。」

黃香姑跟爹想的不一樣，人比錢更重要。只要有了人，還愁找不到錢嗎？娘心軟，悄悄把私房錢給了女兒，讓她把陳二娃領出來。陳二娃出來後，對岳母感激不盡，決定痛改前非，拚命掙錢，加倍償還她娘。天不亮就到河邊挑煤炭，重量從一百公斤加到一百五十公斤，一步一步往上移，豆大的汗水從臉上落到背上，像在洗澡，別人譏笑說，這就是為了婆娘賣命。

那天他回來得很晚，如果不是變天要下雨，恐怕他還要多幹一會兒。他結了帳，領了好幾十塊錢，高高興興回家，路過老鷹山時突然天空烏雲密布，狂風大起，接著下起傾盆大雨。他拄著手裡的扁擔一步一步趟著走，突然山裡石頭鬆動了，簸箕大一塊石頭從他身上壓過去。他喊都沒喊一聲，就被泥石埋在了溝裡。

黃香姑喊天哭地，過往行人勸也勸不住，拉也拉不起，直到她哭乾了眼淚，喊啞了嗓子為止。據說黃香姑頭上捆根白布，弔孝了七七四十九天，才緩過來。

一天，雨後天晴，風和日麗。路邊野草尖上的露珠晶瑩發光，田裡的莊稼綠油油的。李支書和婦女主任楊玉梅徑直朝黃香姑家走來，手裡提來兩大包東西。黃香姑心裡有數，知道他們無事不登三寶殿。果然，先是婦女主任發話：「據說香姑妹家遭不幸，我們深表同情，今天我是代表婦聯特地來看你的，特別是你的父親一直關心你，特地來接你回去的。雖然他兒子已去世，但你還是他家的人，再說那麼大的家產總不能送給別人，我們讓你回家，是想你將來老了有個依靠。」黃香姑一邊沏茶一邊說：「我命苦，沒福氣。」她爹是個見錢眼開的人，聽說李支書將全部家產給女兒，心裡樂滋滋的：「楊

孤兒奶

主任是為了你好，你就去吧！」娘想了想，事到如今別無路可走，就由她去吧，不看僧面看佛面。

回到李家，發現自己的房間早已佈滿蛛網，衣服褲子都生霉了，黃香姑趕緊拿出來翻晒。李支書坐在大門口看黃香姑腳不停手不住地幹家務，嘴裡叼著香煙，眼睛瞇成了一條縫。他覺得黃香姑沒有變，還是以前那麼勤快，還是以前那麼漂亮，花容常在，青春永駐。

這天晚上，黃香姑收拾好家務早早回到了自己的房間，他娘守著李支書寸步不離，兩口子嘰嘰咕咕談到深夜。黃香姑汲取上一次的教訓，將房門閂了以後又拿板凳頂住，然後在板凳一頭擱個臉盆，只要開門，鋁盆會發出響聲。以前睡覺只戴胸罩穿三角褲，現在穿了長褲還加了皮帶。

天亮時一切完好，絲毫未動。黃香姑這才稍稍安心下來，看來這一回李支書是誠心接我回來了。

一天，婦女主任楊玉梅上門提親，說要給李家招個上門女婿。那人是本村老單身漢，叫許干田，婆娘是生活緊張時吃爛地瓜渣那年跑福建去的，至今未歸。開始黃香姑一口拒絕，表示這一輩子不嫁人。楊玉梅說，妹子你想開些，何必那麼累，再說人已經死了，山要滑坡，誰也擋不住。你也盡職盡責，誰知道他要死？又不是你逼他死的，那是自然災害。誰曉得他要死？早知道他要死就不嫁他，天有不測風雲，人有旦夕禍福。怎能怪你？

再說你又不是明媒正娶。死了也與你無關，他不欠你的情，你不欠他的債，據科學家說喪偶命短，再婚壽長，現在你還年輕，路還很長。再說社會總是發展的、變化的，一切應從好的方面去考慮。

黃香姑左思右想，覺得楊主任說得有理，表示同意，但是千萬不能像以往那樣輕率，各方面都要調查得清清楚楚，精神上再也經不起折磨了。

楊玉梅的話一點不假，許干田確實人老實，叫他往東他不往西，一天只曉得幹活又沒其他愛好，也不多言多語，總是一個人去去來來，從不和別人閒聊。到了晚上倒在床上像一個閹公雞，一點不瞭解女人。黃香姑以為自己

山裡女人的夢想：農民作家周汝國中篇小說集

太保守，太封閉，那天她特意上街趕場洗了頭，理了發，又買了一條薄紗裙，悄悄在屋裡洗澡，等男人回來。

自從黃香姑有了許干田以後，就放鬆了警惕，洗澡時也不再上門。這天突然一雙手從背後使勁按著她的眼睛，後面彷彿還有個堅挺的東西頂著她，她以為是丈夫回來了，她感到他真像一個男子漢很有力度，臉上立刻泛起了紅暈，一股熱流湧遍了全身，嘴裡不停地說，快鬆手，慢慢來。她感到很幸福，很激動。

這時外面響起了腳步聲，黃香姑拉開燈一看，外面那人才是許干田，而眼前的男人，卻是她的公公李支書。

黃香姑知道自己上了當，把憤怒傾倒在許干田身上。你哪像個男人，簡直是個懦夫，看見為什麼不衝上來打他？屋裡鋤頭扁擔都有，廚房還有菜刀，你為什麼不砍？你說你說，你為什麼膽小？你為什麼不愛我？為什麼？她哭著緊緊地抱著他，像搖著一根霜打過的茄子。

第二天她帶了幾件衣服，拉著丈夫許干田回許家去。她沒有向李支書道別，李支書坐在階沿上抽煙，眼睛瞇成一條線望著她，但沒有阻攔她。

那年秋天稻子還沒晒乾，天天落夜雨，各家各戶睡得早，起來得晚。黃香姑剛剛起來煮早飯，突然李支書和幾個民兵來敲門，問許干田在家沒有。「在，我在。」許干田一邊穿衣服一邊揩眼屎，還不知發生了什麼事，繩子已經把手捆起來了。「啥子事？啥子事？」「你裝什麼蒜，昨天晚上偷的地瓜哪兒去了？」「冤枉啊，冤枉啊！」治保主任往他屁股上踹了一腳：「偷地瓜的背簍還在你階沿上，你還狡辯！」許干田嚇得兩腿發抖，眼淚巴沙。李支書嘴裡叼支煙，眼睛瞇成一條縫，擺擺手說：「別打了，坦白從寬，抗拒從嚴。只有老老實實交代才是唯一的出路。」

黃香姑從灶屋走出來，喊天怨地，是哪個不講良心的偷了地瓜把背簍丟到我家階沿上？黨員要實事求是！李支書眼瞇成一條縫望著黃香姑：「村有村規，民有民法，如果沒有制度，坡上地瓜還會有嗎？」大家見他揮手，推的推，拉的拉，把許干田弄到大隊辦公室。

那時老百姓最恨的就是盜賊，地瓜是大家的口糧，是農民的命根子。全村人都來看賊娃子，有的吐口水，有的投石子，許干田只有招架，有一聲無一聲地喊冤枉。

聽說村裡捉到一個偷地瓜的許干田，大家開始都不信，都說許干田平時走路都輕輕的；有人說知人知面不知心，白天風都吹得倒，晚上狗都攆不到。真像老鼠過街人人喊打，許干田經不起幾下就喘不過氣了。

昨天晚上，黃香姑睡著了，倒不知許干田哪時出去偷的地瓜。為什麼他不把地瓜弄回家，到底背到哪去了？自從結婚以來沒見他偷過別人的東西，可是偷地瓜的背簍就在階沿上，那地瓜到哪兒去了？她很想跑上去找他們論理。有人說不要去，多不光彩，黃香姑躲到屋裡哭了一陣子，她覺得冤枉，很委屈，去找村長。村長說別找我，你去找支書。李支書眼瞇成一條縫說，既然黃香姑說情，那就不批鬥了嘛，但是必須寫個保證書貼到辦公室牆上，讓大家受教育，以後不敢偷地瓜。

天快黑了，村裡人都走了，黃香姑才慢慢把許干田扶回家，然後跑到陳家大灣去請醫生，但是到陳家大灣要翻一座大山，過幾條溝，來回起碼一個多小時。

黃香姑和醫生趕回家時，人已不見了。這時，村裡人都著急了，打起火把滿山遍野地找，到處都找過了，還沒有許干田的影子。等大夥兒回家時，發現許干田已吊死在屋後頭。

見人死了，村上幾個幹部都害怕了，黃香姑頭上紮根尺多長的白布到鄉政府喊冤。李支書說要把死人往治保主任家裡抬。治保主任說我是服從李支書安排。村長平時與李支書不和，藉口有病迴避。昨天唾罵許干田的群眾，今天紛紛趕來道歉。大家都說許干田是個老實人，過去連青菜葉子也沒要人家一片，實在太冤枉。

李支書現在才認識到問題的嚴重性，弄不好自己官帽難保，甚至可能會坐牢。唯一能夠救他的人就是黃香姑，可兩人是仇人，她能諒解他嗎？他悄悄找到黃香姑的爹，送上一千塊錢，說他是專門來賠禮道歉的，好歹親戚一

場，求黃香姑的爹幫個忙。黃香姑的爹見錢眼開，當面拍胸口保證李支書沒事，說別人的話他閨女可能不聽，但爹娘的話值得參考，何況人已死了，何必結些冤家。就這樣，黃香姑不予追究，李支書只遭了個黨內處分。

那年天大旱生活緊張，爛地瓜渣都吃光了，家裡實在揭不開鍋，黃香姑的娘想起遠房兄弟王老久在糧站坐櫃台，全城的供應糧都經他手頭過，說不定還有辦法幫個忙。

王老久一眼看見黃香姑，心裡就高興。她娘不遮不掩地把目的告訴兄弟，請他幫忙，一是開點腳糧，二是想辦法給女兒物色個對象，哪怕結過婚的年齡大一點的都可以。第一次求他辦事，王老久滿口答應給搞點腳糧。什麼是腳糧？就是加工成大米後不合格的細碎米、稗子雜物之類，不屬計劃內的供應糧，但是也不能隨便買，是專門用來獎勵養小牛的。凡產一頭小牛獎勵五十斤腳糧，而且還分水牛和黃牛，水牛五十斤，黃牛三十斤。

從此以後，凡是家裡困難，娘就叫黃香姑去找遠房兄弟開腳糧，買細糠。凡去王老久都是熱情招待，留黃香姑吃飯，有時還給她買漂亮衣服，或者是襪子什麼的。作為女孩子，黃香姑最需要的就是這些，雖然是一個小小的髮夾，或者一根髮帶，她都覺得是一種關懷，一種體貼，一種幸運，說明有人看得起她，是一種自豪和榮耀，至少說還有人愛她追她。黃香姑正處於愛情的低迷期，受到一系列沉重的打擊，希望得到心靈上的安慰。

而王老久在黃香姑和她媽第一次來時，他就分析出這個女人正處於愛情的困惑中。在吃飯時，她娘再三叮囑王老久給她介紹一個對象，年齡大一點的都不要緊，只要是單位上的，哪怕離過婚的也行，彷彿女兒嫁不出去似的，急於求成。王老久覺得機會來了，雖說黃香姑人不十分漂亮，但那豐滿的身材也吸引人，於是眼睛就落在了她身上。那天，不知是黃香姑害怕或者是不好意思，她沒吃飽飯就離開桌子了。

王老久一眼認定黃香姑有心事，正處於精神崩潰時期，越是這樣，越是有機可乘。每一次黃香姑前來，都讓她高興而來，滿意而去。

立夏快到了，農村搞「雙搶」，城裡機關單位職工除了一人值班外，其餘的人全部下鄉支農，糧站職工全走了，王老久也沒找藉口回家務農，單位就叫他值班。其實婆娘兒女都盼王老久能回家，可是這個家對他來說可有可無，除了平時開後門弄些細糠回去之外，再沒往家捎過任何東西，家裡孩子上學都是靠婆娘養豬賣幾個錢。婆娘也忙，一年到頭很少到單位來，王老久也很少回家。據說，有個關於王老久的笑話，那年河邊淹死兩個大姑娘，他一連去看了好幾遍，口口聲聲說死得太可惜。平時間他愛往女人堆裡鑽，哪裡有個漂亮的女人，他都想方設法和別人說幾句話。上面說他堅持原則，誰想買個腳糧、開點細糠也不行。可見了女人卻不一樣，即使不開也要說兩句話。

那天，王老久正在屋裡悶得慌，黃香姑找他開糠來了，說屋裡的豬下了崽子，缺飼料。正好保管員下鄉了，開了票也出不到貨，王老久就叫黃香姑在他房中等一會兒。誰知保管員下鄉後居然沒有回單位，不知到哪裡去了。黃香姑臨來的時候娘說等她買糠餵母豬，千萬莫誤了大事，她只好硬著心腸等下去。

王老久下班回來，兩手端著飯菜說：「別急，等保管員回來就出糠，再說已經變天了，暴風雨馬上就要來了。」

這時風吹得門嘩嘩響，萬一出門淋了大雨咋辦？黃香姑只好硬著頭皮吃飯，等保管員回家。正吃飯，**轟**的一陣雷聲差點把她手中的碗震落在地上，窗外下起了暴雨。

屋裡剩下王老久和黃香姑，黃香姑坐在床沿上，低著頭，兩手不停地弄著又長又粗的辮兒，捆辮兒的髮帶是王老久買的一根紅綢，映紅了她的臉。這時，王老久離開窗邊的椅子向床沿上擠，越擠越近。彷彿有一股熱流傳遍了他的全身，而這種熱流像山洪暴發誰也阻擋不了。他開始去摸黃香姑的乳房。這是女人最敏感的部位，往往有的男人採用這種方法刺激女人的慾望，通常是上床做愛的前奏，同時也是試探對方的態度，願意不願意也就在於此了。

黃香姑早已看出王老久的心思，不想吃鍋巴圍著鍋邊轉什麼呢？哪有貓兒不吃腥？不過她並沒有害怕，而是大膽向他挑釁：「你看見我的眉毛了嗎？這是兩把刀，是要殺人的，如果你不怕死我就解衣服。」

王老久萬萬沒有想到有這樣大膽的女人，但是說起「死」字真把他嚇住了，他剛伸出的手又縮回來了。

這時黃香姑哭了：「村裡人都說我眉毛像把刀，要殺七夫，八字先生說我八字剋夫，要嫁七個男人才能過老，你說是真的嗎？」

「別聽人家瞎說，我就偏不怕死。」王老久又把手伸向黃香姑的乳房。黃香姑再沒有推開他的手，反而配合起他的動作，拚命地咬住王老久的舌頭，弄得王老久喘不過氣來。這女人不要命了？他任由她擺佈，直到他心滿意足為止。

從那以後，黃香姑像沙漠裡發現一片綠洲，生活裡充滿了陽光，有一種不可壓抑的激情和幸福，臉上也有了笑容。有個不怕死的男人悄悄地愛著她，關心她，幫助她，把她從愛情的深淵裡解救了出來。就像經過一場暴風雨洗禮後她堅定了信心，迎來了一個美好的春天，人生的道路上灑滿了陽光，充滿了希望。上坡割草放牛都要輕輕地歌唱，彷彿看到了一個新的世界，一切都是美好的。

秋天到了，汗水換來了豐收的喜悅，黃香姑的豬又餵肥了。她決定賣一頭留一頭，殺了肥豬首先想到的是遠房的舅舅王老久。她要給王老久送一塊肉去，還有一件重要的事告訴他，她肚子裡懷了他的孩子。

她希望孩子將來長大能像王老久那樣有文化，有出息，端上鐵飯碗，成為國家幹事。但是她不知道王老久咋個辦。他有老婆有兒女。開始黃香姑太單純了，也太幼稚了，根本沒想到人家的家庭，也沒有考慮到孩子，自己只是感到快樂，滿足生理上的需要，根本沒有考慮到後果，要是對方不願意離婚，自己該怎麼辦？現在她才認識到問題的嚴重性，心裡千頭萬緒。

剛到橋頭，就有一個不幸的消息傳來了，說王老久死了，死得乾脆利落，彷彿他知道他要死似的，所有的帳目一清二楚。王老久很少生病，誰會想到他會死在昨天晚上。

王老久和同事喝過酒，聊過天，就去睡了。

今天早上八點鐘該開門營業了，才發現他沒有到食堂用餐。有人從窗口往裡瞧，說他還在睡覺。農民買糧見沒有人開門便大吵大鬧。站長很生氣，去踢門沒有反應，叫人打開一看，發現人都涼了。

天啊，我該怎麼辦！黃香姑想哭。但是只能把淚水往肚子裡咽，不能明目張膽地哭，你憑什麼哭？你是他什麼人？想起昔日王老久對她的安慰，家庭困難時對她的幫助，她決定留下這個孩子，好好把他撫養大。

黃香姑把自己的想法告訴爹娘，立即遭到了爹娘的咒罵，現在王老久人死情斷，你為啥還要藕斷絲連，趕早打掉孩子免得有後顧之憂。娘說現在別人還不知道，拿掉孩子還來得及。你想過沒有，孩子生下來誰來承認是他的父親？農業社誰願意上戶口分口糧？將來還要讀書花錢，這可不是件小事啊！

娘說，無計劃超生就是「黑人」，你又沒公開和王老久結婚，憑什麼說是人家的孩子？再說人已死了誰來證明？誰來承擔撫養孩子的義務？要是真的生下來，豈不是自找苦吃？我的臉不要緊，你還有哥哥嫂嫂弟弟妹妹，他們的臉往哪兒擱？還有整個黃姓人家，大家會咋個說？

但黃香姑說，要打要罰由你們，生下來看他們能把他砍死不成？

話說到這個地步，爹說：「要生你就離開黃家大院，走得遠遠的。」還是娘心軟，去找黃家長輩想法子，萬一逼出人命怎麼辦。長輩黃三婆說救人一命勝造七級浮屠，當務之急是救人。有人說這事大家包著點，手指向內轉，傳出去大家都不光彩。

黃香姑的娘把社長、支書、村長、文書、計生幹部和黃家長輩請來，辦了兩桌酒席。大家都同情黃香姑。但是爹有個要求，不許在家生孩子，迷信的說法，女兒在娘家生孩子娘家要窮。娘想了個辦法，就叫女兒住在牛棚生

孩子。牛棚隔家不遠，是石頭做的牆，房頂是用稻草蓋的，雖然不咋樣，但是能遮風避雨有個落腳之處，黃香姑感到欣慰，總算是保住了孩子。

　　冬天下雪了，爹說牛棚冷，叫娘抱床棉絮去。黃香姑說：「娘，你先回去吧，這兒我習慣了。」娘流淚了，女兒也流淚了，倆娘母抱成一團，傷心地哭了。黃香姑終於把孩子生下來了，是個兒子，白胖胖的，真可愛。娘愛不釋手，如獲至寶。黃家長輩三婆八十多歲了，聽說黃香姑生了個兒子高興至極，還專門請來相師看相，算算八字。相師翻開相書，問了出生時辰，驚喜不已。孩子寬額大眼，手足粗壯，聲音洪亮，一副官相，長大後一定前途無量。消息不脛而走，很快傳遍了黃家大院、黃家溝、黃家村。大家聽說黃香姑生了一個兒子，相師認為前途無量，誰也不願意冷待，不是捉雞送蛋就是買肉捕魚的，還有給孩子買新衣送新鞋的。

　　沒有一個是空著手來的，黃香姑割草的背簍裡裝滿了雞，櫃子裡放滿了蛋，牆壁上掛滿了肉，床上堆滿了小孩子的衣帽，一年也吃不完，三年也穿不盡。還有幫忙燒火煮飯的，擔水劈柴的，過去一天吃三頓，現在一天吃五頓，手不沾泥腳不下地，頓頓有人遞在她手上，比供養老人還要客氣。黃香姑享福了，屋裡熱氣騰騰，喜氣洋洋，人來人往，說說笑笑。這個孩子彷彿是大家的福星，黃家的驕傲，在給孩子上戶口時一點沒費力，乾脆就跟媽姓，「孤兒奶」由此得名。

　　自從黃香姑搬到牛棚住以後，牛就是爹管了，每天早晨爹都要牽牛到坡上吃露水草，一根長長的葉子煙桿拿在他的手上。路過牛棚時，他突然停住腳，敲打著女兒的門：「商量一件事。」

　　「什麼事？爹今天來看我，太陽從西邊出來了呀！」

　　爹重重地吸一口煙：「你還是搬到家裡住吧。」

　　「為啥？你不是說女兒在娘家生孩子娘家要窮嘛？」

　　「現在不同了，誰還迷信，一個人帶孩子住在牛棚不方便，別人說爹狠心了。」

孤兒奶

黃香姑從牛棚裡搬回家，村裡人很少來了，屋裡冷冷清清，母豬也經常生病，雞也連續發瘟。爹又是紅眉毛綠眼睛的，葉子煙桿敲打得桌子篤篤響。娘說你貓兒瘋發了呀，人家又沒惹你生氣。黃香姑說：「爹莫生氣，都怪我不爭氣，孩子拖累了你們，我還是搬到牛棚裡去住。」娘說：「你好不好是娘身上掉下的肉，牛棚是拴牛的，不是人住的地方。」

人窮志短，馬瘦毛長。黃香姑明明知道是爹在發她的脾氣，生個兒子名不正言不順，還要爹娘操心，每時每刻離不開母親，爹要幹活，牛要吃草，啥事兒都離不開爹。孩子也趁火打劫，大哭大鬧，哐也哐不住。黃香姑已經受夠了，她重重地打了孩子兩耳光，自己也傷心地哭了起來，淚水掉在了兒子的臉上。爹拿著土煙桿到坡上趕牛去了。想來想去，都怪自己不爭氣，拖累了爹娘，還是離開這個家，搬到牛棚去，自立鍋灶。娘勸也勸不住，拉也拉不回來。

三年以後，李支書官復原職，鄉裡叫村上選個特困戶，列入市裡重點扶貧對象，而且市領導要親自和特困戶見面，扶貧資金直接發給本人，因此必須要真實，越窮越好。李支書第一個想到的就是孤兒奶黃香姑，全鄉就只有她一個人住的是牛棚。

那天不僅市領導來了，還有縣上的、鄉上的，以及報社、電視台記者，攝像機的鏡頭不斷地在牛棚內外攝來攝去，市領導親自把一千元錢送到黃香姑手上，問寒問暖的，還把孩子抱起來親了親。臨走時，市領導給縣上的同志打招呼：「現在誰還住牛棚？首先把老百姓住房解決好，讓老百姓安居樂業，然後才能安心發展生產……」

所有在場的人都聽見了，市領導對孤兒奶住牛棚的事極為重視，這不能不引起有關領導和部門的關注，於是決定籌資三萬元，給黃香姑蓋一幢房子。

爹做夢也想不到女兒住牛棚會帶來這麼大的好處，真像憑空掉下一塊金磚似的高興，徹夜未眠。修房子有什麼用？有用的是錢，咱家房子空著，把女兒接回來就是了。

山裡女人的夢想：農民作家周汝國中篇小說集

　　李支書還沒吃早飯，黃香姑爹手裡拿著葉子煙桿進門來了。李支書叼著香煙眼睛瞇成一條縫看了一眼說：「親家，你不說我也知道找我幹啥，錢嘛！」話說到點子上，她爹也不轉彎子，實打實把自己的想法告訴了李支書。

　　「你想得好，屁股沒翹我就曉得要拉屎，兒媳婦搬到你那兒住？三萬元錢給你？女兒能夠跟你一輩子？你搞明白，她是我兒媳婦，天經地義該住我家，我的住房好，比你的房子寬。」

　　「是，是，是……」她爹連連點頭。

　　「要不是老子，她能是扶貧對像嗎？比她窮的還有好幾戶，住牛棚是被你攆出去的，你以為我不知道？」

　　「你龜兒子，不要挑撥離間，你做的事老子早曉得了，都是壞在你的手上……」他爹磕了磕葉子煙桿回頭就到鄉政府。

　　鄉長正在看一封群眾舉報信，問他爹啥事。

　　她爹說：「我家裡房子寬，打算把女兒接回來。我來把修房子的扶貧款領回去。」

　　鄉長是個年輕人，聽她爹一說很生氣：「你回去馬上把李支書找來。」

　　黃香姑爹把鄉長的話告訴李支書，李支書從椅子上跳下來，在桌子上一拍：「誰叫你去找鄉長？這事被你搞砸了！」

　　「親家你為啥不早說呢？」

　　「說，說，說個球！老子三萬元泡湯了。」

　　黃香姑明白爹的意思，她繼續住在牛棚裡。娘勸她不要搬，讓她理解爹的心情，他是那個脾氣，吵了就好了。黃香姑叫娘別勸了，勸也沒有用，從此後別再喊我回來了，就是請轎子也抬不回去，黃香姑哭，娘也哭，都說是命。

　　牛棚雖然四壁透風，但是很寬，裡面是牛圈，外面是堆草料的屋子，完全可以安張床，屋角打口灶，倆娘母就這樣過日子。家裡那頭老母牛很聽話、

很溫馴，進進出出從不亂蹦，牠睡牠的覺，牠吃牠的草，牠望著他們吃飯，眨著眼睛，他們也望著牠，似乎給生活增添了樂趣。冬天下雪，兒子常常爬在牛背上去玩，牛也不晃動，牠似乎覺得很欣慰，就像自己生的孩子似的，兒子穿得少，坐在牛背上感到溫暖，就像電熱毯似的。

黃香姑每天割草放牛，下地幹活，兒子天天上學，養雞，養羊，放了學幫助媽媽做些力所能及的事。

有一天，兒子突然問媽媽，爸爸是生什麼病死的？有照片沒有我想看一眼，為什麼我跟媽姓，取名黃大學？黃香姑這才感覺到兒子長大了，腦子想的問題越來越多，越來越不好回答他的提問。以前她總是採取哄騙的手段，可是孩子漸漸大了，有些瞞不過去了。

兒子越是提問，黃香姑心頭越是不安，害怕讓他知道了會影響學習。她還是一口咬定，父親死了，沒有照片，兒跟娘姓，也不奇怪，改革開放嘛，兒可隨父姓，也可隨母姓……她一次又一次把兒子騙過去了，她想如果下一次他問她爹是哪裡人，老家在哪兒，有弟兄姊妹沒有，她不知該怎樣回答。

她望著兒子遠去的背影，心裡總不踏實。

吃了早飯，黃香姑坐在階沿上梳頭，紅公雞追逐著一群母雞，鴨子張著翅膀嘎嘎叫個不停，兩隻白鵝笨拙地一拐一拐，彷彿在為母雞抱不平。母雞搖搖翅膀，紅公雞揚眉吐氣，得意忘形。黃香姑將剩下的半碗飯全倒在地上，讓雞鴨吃。

她娘突然帶來口信，說李支書的老婆死了，叫黃香姑去一趟。因為畢竟她的戶口還在他家，戶口關係還是李支書的兒媳婦。婆婆離世，還是要回去一趟。

李支書眼淚巴沙，遠遠望著黃香姑帶著她兒子來了，他簡直想不到，曾經的兒媳婦還認這個家。村裡左鄰右舍、三親六戚都感到很突然，誰都沒想到孤兒奶出去這麼多年還會回來，大家都勸黃香姑搬回來住，房子空著為啥住牛棚。大家都覺得孤兒奶該回來，跟村支書組合成一家人，相互有個照顧。可黃香姑不，她回來看了一眼，給婆婆燒了炷香就走，村裡人攔也攔不住。

山裡女人的夢想：農民作家周汝國中篇小說集

　　李支書是個明白人，強扭的瓜不甜。要走就讓她去，但是他還是藕斷絲連。比如說端陽節送粽子，中秋節送糍粑，春節到了，他給黃大學買衣服。人家既然一片好心送來，你總不能扔出去，所以每次他來，孤兒奶不歡迎也不反對，來就來，去就去。但兒子黃大學卻不同，漸漸對李支書有了好感。比如李支書到社裡檢查工作，就要轉到學校問問老師，問黃大學的成績如何。黃大學讀中學，他到鄉上開會中午吃飯把黃大學叫來，上高中他親自幫他交學費，常常給零花錢、生活費、學費，就連住宿費都全包了，就像自己生的一樣。而黃大學只知道娘做過他的兒媳婦，並沒有說自己是他的孫子。李支書越是關心他，支持他，他越是對他有一種親近感，村裡也沒人敢欺負他。

　　有一回，黃大學和社長孩子打架，社長孩子罵他是野種，李支書知道後把社長找來狠狠批評了一頓，並且他親自給學校打招呼，要多鼓勵，少批評，要多勸解少打架，一定要培養成材。他還當著黃大學的面說，只要你認真讀書，一切費用我包了，讀到哪兒我就負責到哪兒！這句話不知他說過多少遍，不僅村社幹部知道，全村人都知道。誰知這孩子也爭氣，從讀小學到中學成績一直都很好，考大學很有把握。

　　孩子大了，思想變了，黃大學勸娘不住牛棚了，讓人笑話。黃香姑說，你不住我住，如果不好意思就隨便你吧。

　　高考剛結束，分數還沒下來。黃香姑去向兒子老師打聽成績。老師笑著說：「快準備學費，準能上重點，沒有錢可不行。」

　　試題沒有難住黃大學，學費卻把他難住了。自己的家庭很難支付學費，這筆錢哪裡來？家庭是否能承受？別人的支持是有限的，憑什麼為自己大把大把花錢？

　　黃香姑正在為錢的事擔心，李支書突然帶來一封信要黃香姑簽字。是什麼信那麼重要？原來是重慶一家房地產公司的搬遷協議。是王老久死之前專門給黃香姑買的一個門面。如果不是因為舊城改造拆遷房屋的話，她還不知道是咋回事。郵遞員是新調來的，只知道孤兒奶不知道黃香姑，最後找到李支書才打聽到黃香姑就是孤兒奶。

門面正處於要道口，值多少錢可想而知。但是如果黃香姑接受這筆遺產就等於承認黃大學是他的兒子，自己也許會身敗名裂，兒子還有啥臉見人？

黃香姑一口咬定沒有這筆財產，她也沒在協議書上簽字，叫李支書把信退回去，說可能是郵遞員搞錯了。

兒子收到大學錄取通知書以後，正好碰上李支書。李支書把他娘退房子的事說了，黃大學極不高興，問協議在哪裡，李支書說郵遞員給王老久家屬了。

「娘！你為什麼這樣做？你以為這樣人家就不知道？你想那房產協議上是你的名字，人家會怎樣說？既然如此，還怕別人說什麼？這一筆遺產，該屬於你，屬於我……」兒子很生氣，這麼多年他從沒在娘面前發脾氣。黃香姑感到很委屈，為了你，我受盡了侮辱、苦難和折磨，你考上大學就不認娘了。她罵兒子：「你給我走得遠遠的，越遠越好，讓那些議論你的人聽不見，讓我永遠不見到你……」

兒子果真走了，再也不願回牛棚。

國家圖書館出版品預行編目（CIP）資料

山裡女人的夢想：農民作家周汝國中篇小說集 / 周汝國 著．
-- 第一版． -- 臺北市：崧燁文化，2019.06
面； 公分
POD 版

ISBN 978-957-681-857-8(平裝)

857.63　　　　　　　　　　　　　　　　108009064

書　　名：山裡女人的夢想：農民作家周汝國中篇小說集
作　　者：周汝國 著
發 行 人：黃振庭
出 版 者：崧燁文化事業有限公司
發 行 者：崧燁文化事業有限公司
E - m a i l：sonbookservice@gmail.com
粉 絲 頁：　　　　　網　址：
地　　址：台北市中正區重慶南路一段六十一號八樓 815 室
8F.-815, No.61, Sec. 1, Chongqing S. Rd., Zhongzheng Dist., Taipei City 100, Taiwan (R.O.C.)
電　　話：(02)2370-3310　傳　真：(02) 2370-3210
總 經 銷：紅螞蟻圖書有限公司
地　　址：台北市內湖區舊宗路二段 121 巷 19 號
電　　話:02-2795-3656 傳真 :02-2795-4100　　網址：
印　　刷：京峯彩色印刷有限公司（京峰數位）

本書版權為西南師範大學出版社所有授權崧博出版事業股份有限公司獨家發行電子書及繁體書繁體字版。若有其他相關權利及授權需求請與本公司聯繫。

定　　價：250 元
發行日期：2019 年 06 月第一版
◎ 本書以 POD 印製發行